宮地尚子
村上靖彦

とまる、はずす、きえる

ケアとトラウマと時間について

青土社

目次

とまる、はずす、きえる

ケアとトラウマと時間について

まえがき

宮地尚子

対談には予感があり、刹那があり、余韻がある。はじまるまでの予感。対談という刹那。そしてその後に続く余韻。

ここでは、予感とはじまりについて記しておきたい。


村上さんと初めて会ったのは『ケアをひらく』シリーズ（医学書院）の毎日文化出版賞受賞記念の二次会の席だった。ひょろんと背が高く、優しげな人が立っていた。名前は知っていたが、詳しい仕事内容は知らなかった。三次会あたりで隣になって、臨床と時間についての話をしたように思う。中井久夫についての村上さんの文章（河出書房新社）は読んでいて、クロノロジカルな分析が面白いと思っていたからだった。

その後しばらくして村上さんからブックトークのお誘いがきた。それが本書の第1章になっている。臨床にじかに関わっている人間からすると、ケアをきれいに書きすぎているような気がすると、率直に感想を伝えた。もちろん、そのことは村上さんも重々承知で、もう少し深い話をしたいねということになった。

内的対話者という言葉がある。ひとりでいる時でも、ある人の顔を思い浮かべると、自然に自分の中から言葉が湧いてくることがある。こんな話をしてみたい、こんなことを聞いてみたい。どんな応答が返ってくるだろう。どんなふうに話が広がるだろう。交流の予感に満ちあふれる。

私には村上さんと話をしてみたいことがたくさんあったし、たぶん村上さんもそうだったと思う。内的対話者とは、その人を思い浮かべると心の中で思考が促され、言葉が紡がれていく相手である。それは相手の理解力や反応力、知識量や包容力など様々なものに裏打ちされ、相手への信頼感や安心感がベースになっている。

対談がはじまった頃、世の中はコロナ禍のまっただなかで、人々の移動やいろんな行動が制限されていた。でも逆に言えば、世の中は静かでもあった。集まって無駄にはしゃぎまわったり、無理に旅をしたりせずにすみ、一人ひとりがじっくりとものごとを考える時間を与えられていた（もちろん、コロナ最前線の医療現場などは別であったが）。そんな時期に村上さんと対談を重ねられたのは、とても幸運だった。

これから読んでいただくとわかるように、毎回テーマは決まっていたものの、お互い準備してきた内容はかなりずれていて、アルコール・アノニマスのミーティングのように「言いっぱなし、聞きっぱなし」になってしまったところもたくさんある。けれども同時に、触発されることも多くて、また次の対話へとつながっていった。伏線が回収されないままのものもあるが、いったん途切れてしまったテーマが後になって回帰してくることもたびたびあった。重要なテーマほど、時間をかけて甦ってくるものなのかもしれない。

話はあちこち飛ぶし、深く掘り下げられないまま別の話題に移っていってしまうことも多いので、読む人によってはフラストレーションがたまるかもしれない。ブレイン・ストーミングに近いともいえるが、おもちゃ箱をひっくり返したような面白さを感じていただけると嬉しい。そして、読者の皆さんともぜひ続きを一緒に紡いでいきたい。

まえがき

村上靖彦

あたかも二人で書いた『徒然草』のように、思いつくよしなしごとを語り合ったようにも見える本書はいったい何についての本なのか？

映画、小説、哲学書を議論している場面もあれば、福島第一原発をはじめとする社会問題を議論した場面もあり、トラウマ、ヤングケアラー、認知症といった精神医学や医療福祉にかかわる問題を扱っているページもあるのだが、これらの話題が横断的に連続的に登場することもまた特徴だろう。たまたま今レベッカ・ソルニットの『迷うことについて *A Field Guide to Getting Lost*』を読み進めているのだが、まさに字義通りにも比喩的にも道に迷う経験をたどることではじめて見えてくる風景があることをソルニットも教えてくれる。

とりとめがないようにも見える多様な側面を貫くのは、いささか時代遅れに響くかもしれない「人とはなにか？」という問いであるように感じる。人という存在の複雑さ・捉えがたさをたどることには成功しているように思う。「人とはどんな存在か」という途方もない問いについて真正面から素手で考えようとする人は現代ではいないかもしれない。私一人であれば問いを立てることもなかったと思う。この無謀な試みは、二人で「人間とはなにか？」という問いを、終着地が見えないまま、目の前に見えた松明を追うように思考を続けるという形式を取ったことでかろうじて実現したものだろう。もし起承転結を整えて結論を出さないといけない論述であったとしたら、取り組むことすらできなかったはずだ。

本書の大きな特徴は、「すぎる」「はずす」「とまる」「それる」「やりすごす」「ずれる」「おりる」「すれちがう」「きえる」といった動詞を軸として対話が進むことである。これらの動詞は身体動作を表すと同時に対人関係の間合いであり、身体と状況や世界との関係を繊細かつ複雑に表現する。一つひとつの動詞は一義的に決まっているわけではなく、多様なニュアンスの拡がりをもちえる。一つの言葉について、宮地さんと私でまったく異なる捉え方をしている場面が少なくない。学問的な硬い概念では取りこぼされる人間の経験の微細なニュアンスについて、考察することへと宮地さんも私もいざなわれた。

大まかに言うと、宮地さんが人間のダークサイドを覗き込むのに対して、私は少々楽天的に人間を描いたようにも感じる。キャラクターの異なる二人が相手の思考に戸惑いながら糸を紡ぎ出すことで、次第に人間の複雑さという壁を前に二人で途方に暮れることになったのだ。『徒然草』がそうであるように、本書には結論がない。次々に枝分かれしていく道をたどっていく対話がしばしばまだ先に道が続くことを確認したところで立ち止まっている。その先は、読者自身がそれぞれの杣道 Holzwege（ハイデガーの書名）をたどっていくことになる、そのような道標 Wegmarken（これもハイデガーの書名）となることを願っている。

I

聞く、読む、書く

第１回

「それる」

ケアと時間

2021年８月19日（木）

画期的な自前の理論

村上 本日はよろしくお願いいいたします。まずは、僕が宮地さんに抱いているイメージからいきましょうか。

宮地 お願いします。

村上 宮地さんのつくられた「環状島モデル」は今、トラウマの理解で誰もが参照する概念、イメージだと思うのですが、外側から見たときにすごく印象的なことが一つあります。これは、日本で、すごく久しぶりに自前でガチッとつくられた強力な精神医学の理論なのではないかということです。輸入ではない形で、誰もが参照するような理論ができたのはすごく大きなことだなと思うんです。

たぶん、先日亡くなられた木村敏先生の『あいだ』(ちくま学芸文庫)で、精神病における時間感覚をアンテ・フェストゥム(祭りの前)、ポスト・フェストゥム(祭りの後)などと表現した議論以来じゃないかな、と。というのは、医療の世界も、心理の世界も、福祉の世界も、参照している理論は全部外来なんですよね。カタカナの理論を取っ替えひっかえいろいろなものを輸入してきて、セミナーをしてお金もうけして、次のものに移っていく。それをずっと繰り返してきている。そのなかで環状島モデルは日本で作られて、口コミで拡がって今ではトラウマの臨床をされている方がみんな参照する言葉になっている。それがすごいなって思うんです。

宮地　誰もが参照するほど有名かどうかはわからないですけど（笑）、モデルとしてほかにないというのは事実かもしれません。ただこのモデルは、私が自分でつくろうと思ったわけではなくて、自然にできていったというか。何年もかかってだんだんでき上がっていったんです。私がつくったというよりも、私の脳を通して「勝手にできていった」。もしくは「できざるを得なかった」みたいな感じはありますね。

安永浩さんのファントム理論ってありますよね（『ファントム空間論』金剛出版）。あれは、ひょっとしたらとても似たことを言っているのかもしれないと勝手に思っていました。一度安永さんにお会いして、お聞きしてみたいなと思っていたのですが（残念ながらお亡くなりになりました）。環状島の「内海」をどういうふうに捉えるかによっては、精神病理学とも結びつけうるのかなとは思っています。

村上　今まで精神医学は統合失調症中心の議論でしたよね。宮地さんも本のなかで何回か指摘されていると思うんですけれど、これには僕もすごく違和感を持っています。むかし小児科の病院で自閉症を研究していたことがあったんですけれども、当時も精神医学は統合失調症の議論中心だった。

特に精神病理学といわれる哲学的な議論は、統合失調症論ばかりです。ほかにも精神医学のなかで大事なことがいっぱいあるのに、って思っていたんですよね。そのなかで、トラウマについてこうやって強い議論を出されたってすごく大きいです。

宮地　ありがとうございます。

村上　もう一つ言うと、環状島の話は、当事者の方が傷つかない議論だと思うんですよね。宮地さんの本を当事者の方が読まれることがたくさんあると思うんですけど、たぶん、すごく気をつけて書かれていると思います。傷つかないのはなぜかというと、当事者の方たちの目線で書かれているから。読んでいてそれをすごく強く感じます。これって精神医学の世界のなかでは――中井久夫先生はそういう方だったと思うんですけれども――実はあまりなかった。

一般に精神病理学といわれる哲学的な議論って、当事者の人に向けて発することができる言葉ではないんですよね。例えば妄想についてのいろいろこねくり回した議論はあると思うんですけど、患者さんの経験をモノのように扱っている。あれを患者さんに突きつけたら暴力になるよなって、その感覚が僕のなかではすごく大きいです。

宮地　私も伝統的な精神病理学は、当事者にとって非常に暴力的な物言いが多いと感じています。病者を突き放して、あくまでも自分は正常な傍観者として観察・分析している。それが私には合わなかったし、読んでも正直わからない（笑）。言語ゲームのような感じがして、その界隈から距離を置いていたということはありますね。
環状島モデルがどこまでトラウマを捉えきれているのかはわからないですけど、必然性のようなものは感じます。当事者との関わりの中で生まれてきたものだからでしょうか。自分はメディア（媒介）でしかないというか。当事者や支援者で、このモデルを使ってくださってる方も結構いるので、それはとてもありがたいし、トラウマについてある程度のことは言えるだろうと思っています。

海、空、地

村上　環状島には、ズボッと潜っていくイメージと、上から環状島を眺めるというイメージの両方がありますよね。その両方を描けるのが大きいのかなと思いました。深いところに潜っていくところと、上から俯瞰するイメージ。

宮地　空からと海からと、たぶんもう一通りあって、地上ですね。あくまでも地べたを這うというか、外海から外斜面に上陸して、または内海から内斜面に這い上がって、環状島をとにかく歩くというのがメインです。
何も道具を持ってなくて、とにかくひたすら歩くしかない、みたいな。そういう地道なものがいちばん基本ですね。でもヘリコプターやドローンを使って、空から俯瞰するようなこともある。マスメディアの報道だったり、ある種の学術的な調査がそれにあたります。そういう方法でしか見えない全体像がある。

でもきっといちばん大事なのは、潜るということでしょうね。潜水艦であったり、ダイビングであったり。いつも「グラン・ブルー」（1988）の映像を思い浮かべているんですよ。どこかとても深いところに潜ってこそつながっていくものがあって、地下水脈であったり、海底トンネルであったり、そういうものによって伝わる何かなんだろうなぁとは思うんですね。

ただその、水面下の部分は基本的には見えない。特に『環状島＝トラウマの地政学』（みすず書房）を書いたころは、どうやったら水面から上がって声を出せるのかというところにポイントを置いていたので、あんまり水面下のことを考えてなかったんです。でも心の問題に関しては、言えないこと、そのとき自分でもわかってないこと、他の人にもわからないことがたくさんあるので、水面下の部分ももっと丁寧にみていきたいなという気持ちが強くなってきました。

面白いなと思うんですよね。モデルをつくって使ってみたら、次の展開が見えてきて、またそれを使ってみたら、次の展開が見えてくる。全然固まっていなくて、どんどん発展していくっていうのが興味深い。一応私がつくったんだけど（笑）、なんかちょっと他人事というか。

村上　なるほど。先ほど「おのずとできた」と中動態的なことをおっしゃっていましたが、できてからもそうなんですね。たしかに、『環状島にようこそ』（日本評論社）という対談集に出てくる七人の方それぞれが自分の環状島のバリエーションをつくっていますよね。それがすごく面白い。「二重

図１：環状島の構造

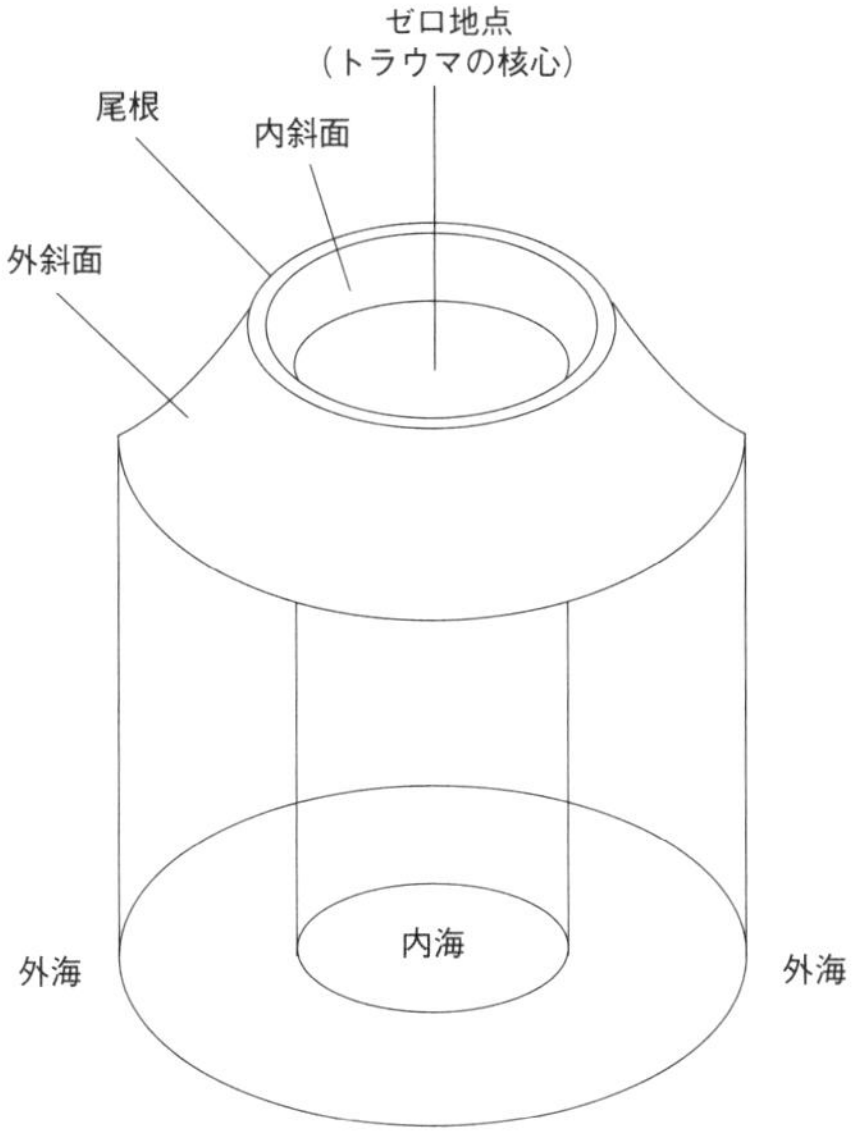

図２：断面図

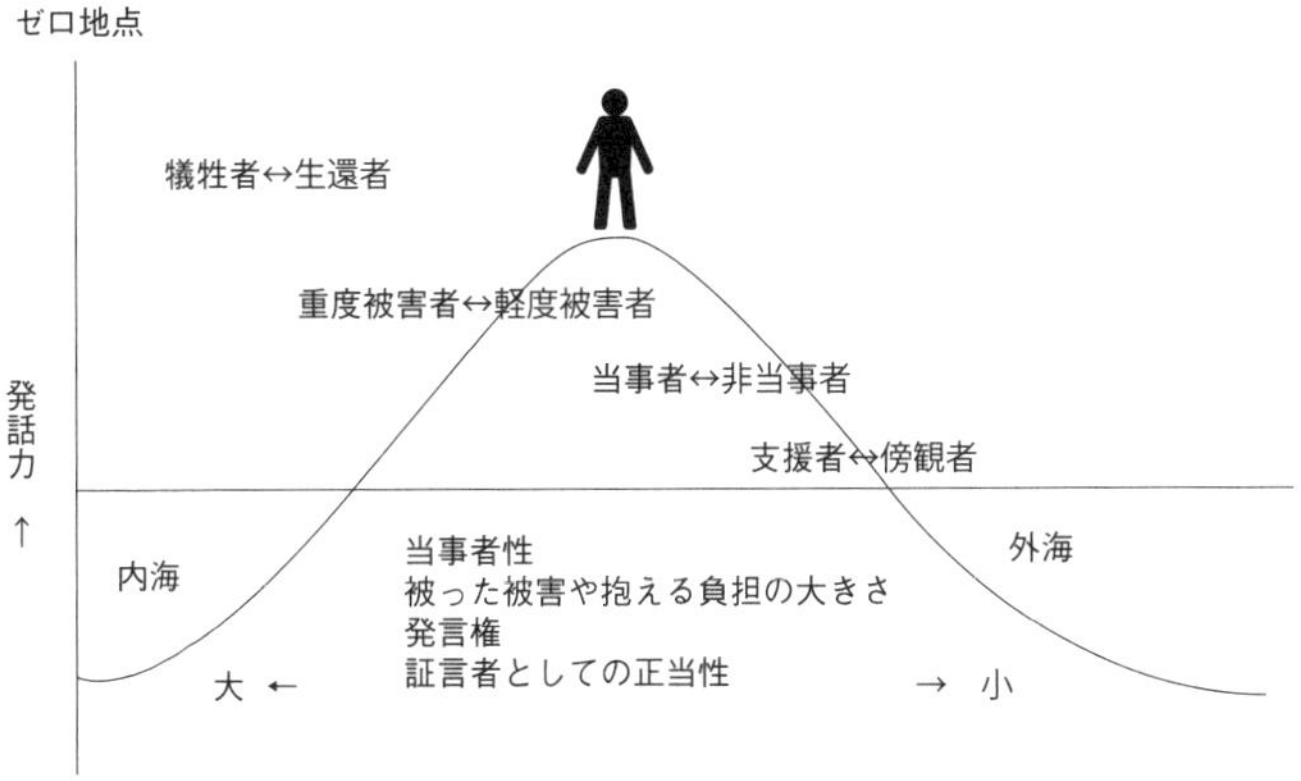

の輪っか」にしてみたりとか、「水が乾いたら」とか、「水が深すぎたら」とかそういう話もあって。環状島を自分で踏破することを思い描いて、どんどんイメージが拡がっていきますよね。

宮地　山や海や空など、自然なメタファーを使ってもいるからかもしれませんね。私たちのふだんの思考自体にも、メタファーが入ってるわけですから。そういったメタファー的思考が活性化されるし、遊べるっていうのもいいのかなぁ。舟とか、風船とかね。眉間にしわをよせて深刻に議論をするだけじゃなくて、子どもが遊ぶみたいに、「こういうのありじゃない？」とか「こうしたらどうなの？」みたいな感じで、話が広がっていくのは、とても楽しかったです。

村上　その遊びの部分って、ふだん宮地さんのトラウマにかんする本を読んでる人が抱いているイメージとちょっと違うかもしれないですよね。だって、どのテキストを読んでも、議論自体は深刻じゃないですか。だからすごく意外な印象もあるし、でも聞けば「たしかにそうだな」とも思う。

宮地　そうなんですよね。つらい話が多い、読んでいてつらい、しんどいとはよく言われます。内容そのものが重いし、そういう重い現実を背負った方々がたくさんいて、私はその人たちと接することが多いので。だから仕方がないなとは思うんですけど、私自身も深刻な暗い人だと誤解されることがよくあるんです。でも私は結構——悩んだりウダウダはしますけど——遊んだり笑ったりするのが好きな人間なので、そこは難しいですよね。ユーモアや軽さをどこまで文章に入れるのかっていうのは……。

事象をいかに記述するか

宮地　村上さんの本について、私のほうからも一言。『ケアとは何か』（中公新書）は今までのいろんなご本のエッセンスを集めた感じですよね。たくさんのキーワードがあるし。内容的には全部に同意するというか、「本当にそうだよな」って思うんです。だけど、いろんなご著書のエッセンスを集めたものなので、やっぱり元の本をちゃんと読みたいなって思いました。

実際に『在宅無限大』（医学書院）と『交わらないリズム』（青土社）を読ませていただくと、どうしてこの結論に至ったのかというプロセスが書いてあるから、とっても面白い。だけど、『ケアとは何か』の結論部分だけを読んでいると、「う〜ん、その通りなんですけどね……」みたいな物足りなさがありました。ケアの大事なことって、まとめてしまうとありきたりで、聞き流されてしまいやすいから。

もう一つ気になったのは、「いいことしか書いてない」ってことなんですね。たぶん他の方にも言われたことがあるだろうと思いますけど、ケアのいい部分を集めているし、登場人物もみんないい人ばっかりなんですね。悪い人も、意地悪な人も全然出てこない。ケアのネガティブな側面や、暗い部分がほとんど書かれていないですね。そこが臨床現場や、ケアの現場で実際にやってる人からすると、ちょっときれいごとに見えてしまう。これが率直な感想でした。

村上　今、宮地さんに言っていただいたことは、僕自身がすごく意識していて、自分の限界でもあり特徴でもあると自覚している部分です。ただ、「きれいごと」っていうのは、ある種、現象学というやり方をとる以上、どうしようもないというか、絶対こうなってしまう部分があると思うんです。もちろん、僕がケアの領域に興味を持ったきっかけは、援助職のみなさんへの驚き、「こんなすごい人たちがいるんだ」という驚きです。

現象学という方法論をとると、一人称の視点から細かく記述することになるんですよね。そうすると必ずその人の視点になるんです。だからその人に対する批判的な視線というのは、出てこない。批判というのは外からの視点なので。ですので仮に、例えばあまりよくないケアと言われるようなものをしている人のデータを分析したとしても、その人を肯定するような分析になるんですね。

ただ、それで失敗したこともあって。研究会や授業で聞いていた僕の学生から「それはケアとしておかしい」と言われて、原稿を引っ込めたこともあるんです。指摘されたら「あ、そうだな、それはまずかった」って自分でもわかるんですけれども、なかなか見えなくて。どうしても分析するときにはその人の視点に乗っかって動きを分析しようとするので。そうすると、きれいごとというか、絶対に語り手を肯定することになる。それは方法論上の必然だと思ってます。しかもその人の実践のスタイルや背景の布置を浮き彫りにするので、単なるライフストーリー以上にその人の人となりを浮き彫りにする側面もあります。なのでご本人に読んでいただいてＯＫをいただかないと公表できない。

聞き手であること

宮地　たぶん村上さん自身も意識的にやってるんだろうなと思いました。他のご著書も併せて読んでいて、いいなと思ったのが、村上さん自身がとにかく話を聞くってことです。それを書き記す。インタビュアーというか、聞き手であるということがメインなんだなって思います。それはとても大事なことだと思いました。

私も書いたりしますけど、基本は聞く人間です。精神科医というのは聞くことを専門とする職業です。診断なんかよりも、聞き出すって言うとちょっと強すぎるんですけれども、聞いて受け止めるなり、聞いて次の何かを返すなり、そういうことがいちばん専門なんだろうと思います。そう考えると、村上さんも同じことをされてるんだなと思いました。

さっき「きれいごとな感じがする」って言ったんですけど、だからこそ、また次に話を聞かせてもらえる。相手にとって村上さんが聞き手として安全であり続けるために、ある意味必要なやり方でもありますね。また、村上さん自身が素晴らしいと思う現場や人に会って話を聞こうと意識的にやっているので、幸せな組み合わせなんだとも思いました。村上さんがインタビューの対象者の方たちに、尊敬の念を持って聞いているということがよくわかるし、細かなところを丁寧に理解しようとしていることもよくわかる。

もちろん現場でケアをする人たち自身が声を出すということも大事だけど、そういう声を出す暇もないぐらい忙しかったり、声を出すことにはあまり興味がなくて、とにかく支援したりつながったりするほうに専念したい人にとっては、村上さんがとても貴重な証人というか、ウィットネス（witness）ですよね。目撃者でもあり、記録者でもあり、代弁者でもあり、伝達者でもあり、翻訳者でもあるかもしれない。そういう意味で、非常に重要な役割を果たしているんだなっていうことを感じました。

村上　たしかに僕はインタビュアー、聞き手です。例えば宮地さんのように臨床家として聞くのとはまた違うと思うんですけれど、インタビュアーとしては、その人が何を言おうとしてるのか、何を伝えたいのかというのをひたすら待つ。それがすごく大事なので。否定しないだけじゃなくて、待つ。だから僕は、インタビューのときほとんど口を挟まないです。そして筋があっち行ったり、こっち行ったり脱線してくれたほうがいいインタビューになることが多いんですよね。支離滅裂なほうが、その人の経験の多様さが出る。そして一見関係なさそうな話題同士が実はつながっていることがあとになってわかる。さまざまな話題全体を通して、その人が伝えたかったことがわかるし、話題のネットワークを分析するとその人のスタイルが浮かび上がってくる。

つまり仕事だけが人生というわけではもちろんないわけです。看護師さんのインタビューをとったとしても、そこには、その方のライフストーリーのいろんなイベントだったり、家族背景や社会的環境が入り込んで今のお仕事がある。話題が飛んであっちこっち行くことによってそれが浮き上がってくるので、それを待つしかないんですね。聞き手である僕にはどこにどういう文脈があるのか、わからないですから。

現象学で語りを記述する

宮地 現象学は方法論だと言われていて、私も医療人類学を勉強しはじめたころに、現象学的な文献をいっぱい読まされたのですが、「よくわからんぞ～」となってしまって（笑）。カッコに入れるってどうやってカッコに入れられるの？ とかね。

村上 入らないですよ（笑）。

宮地 根本的な部分で、現象学って方法論になるのかなという疑問を持っています。「その人の視点から」って、そんなことできるのかなとかね。すごく根本的な部分でずっと引っかかったまま来ていたんです。だから「現象学的」って言われると「う～ん、それってどうなの？」って思っちゃうんですけど。

村上 こんなこと僕が言っていいのかわからないけど、ちまたに流布してる現象学と言われてるものには、僕はすごく疑問があって。だってカッコに入れるなんてできるわけないじゃないですか。現象学を確立したフッサールはフッサールで、自分が悪戦苦闘している意識の分析にそういう名前をつけざるを得なかっただけで、「それはどういう経験なのか」をつかむことが大事なんですよね。そこがわかってる研究者はあんまりいないと思うんです。

なので、僕にとってはすごくシンプルなことなんです。経験の語りだったり、参与観察でつかまえた動きがあって、その動きを外から既存の概念で説明するのではなくて、「内側から眺める努力をする」ということだと思ってるんですね。しかも内側から眺めることは感情移入することではない。それがいちばん大事なポイントです。僕の場合インタビューの逐語録を用いますが、オノマトペや口癖、言い間違いなども含めた言葉のネットワークがどのように生成していくのかを追うことが、「内側に視点を取る」ことなんだと思います。「語り手がさまざまな言葉を紡いでいく運動は、その人の経験が構成されていく運動とパラレルな関係にある」というゲームのルールを持っています。経験の動きに対して内側に視点を取ろうとすることは、言葉が紡がれてネットワークを作っていく運動に視点を取ることとパラレルで、どういう組立てでその経験が成り立っているのかという背景を記述・分析していく技法なんだろうなと思っています。そこがエッセンスなんじゃないかと。だから根本はすごくシンプルなはずです。

宮地　私が書いてきたことも、被害者の方からはどう見えるかとか、何がおきていてどのように行動せざるを得ないのかとか、何が苦しいのかとかなので、そういう意味では現象学なわけですね、いちおう。

村上　そうなると思います。だから別に何か他の学問分野と対立するわけではないですし、現象学で閉じこもってるわけではないです。現象学的な視点で宮地さんも書かれていると思うし、それが医療人類学や精神医学とクロスしていてもなんの問題もないと僕自身は思っています。だから視点の取り方と、動きをそのまま捕まえようとするということで、その背景を描き出すってことがポイントだろうなと。宮地さんが人類学の研究をされたときに言われたことも、もしかすると「そこのポイントをキャッチしろ」ということだったのかもしれないですよね。

宮地　一九八九年に医療人類学を学びにアメリカ留学したときに、とにかく文献をいっぱいもらって、そのなかに現象学を含め、いろいろあったんですよ。積むと厚さが二〇センチ以上。今、バイロン・グッドやアーサー・クラインマンの顔が思い浮かんでるんですけど（笑）。でももちろんそれらを全部読みこなすことはできず、エッセンスは何なんだろうと考えてたんです。

今言われた、「中から」っていう話と、共感がどう違うのか——それがたぶんポイントなんだと思うんですね。たしか、ごきょうだいに障害がある方で「その子のことを考えるのは共感じゃないんだ」という記述が村上さんのご著書の中にありましたね。あの部分がすごく興味深いなって思って。

村上　そうですね。『摘便とお花見』（医学書院）に登場するFさんという方です。訪問看護師さんなんですけれども、妹さんが重度の心身障害者です。「妹さんにも患者さんにも共感はしない」なんでかっていうと「妹と地続きだから」、と言うんです。すごく不思議な感覚だと思って、あとで聞き直したら、「妹の視点から世界を見てるから、妹自身は自分に同情して泣いたりしない」と彼女は言ってたんですよね。この視点のとり方自体が現象学的です。Fさんの見方も現象学も、相手の経験の内側から覚めた目で冷静に世界がどのように組み立てられていくのか観察する視点なんだと思います。

『ケアとは何か』のなかでも「共感」という言葉は使ってはいないです。相手とコンタクトは取れるけれども、理解はできない、それでも相手が何を望んでいるのかを探るっていうところから始めているので。その点でも対人援助職のみなさんが当事者の人と関わろうとするときの視点の取り方と、分析をする僕の現象学的な視点が平行関係にある。

宮地　でも自己憐憫はありえますからね。

村上　自己憐憫はありえるけど、「私の妹は自分のことを泣いたりはしてない」と言ってますから。

本当に役に立つケアを考えるために

宮地　そこはかなりポイントですね。とにかく必死で目の前の苦境を乗り越えるしかない人に、その内側から一緒に寄り添って、乗り越えようとする感じですかね。でも一歩間違えば、過度な同一化にもなっちゃう。このあたりをどう捉えるかによって、ケアやセラピーの現場で、支援者が苦しくなったり、二次的な外傷を受けたり、燃え尽きたりするかしないかが分かれる。単なるヒューマニズム的なものと、本当に役に立つケア――「次に何してほしいのよね？」みたいなことを見分ける力――は、その部分が核となってるんじゃないかなって思います。

村上 そう、そんな気がします。すごく微妙な差異ですよね、それって。

宮地 そうなんですよね。微妙な差異だし、ものすごく冷たく見えるかもしれないし。誰にわかってもらうかですけどね。

村上 その部分、もう一回照れを捨てて考えてもいいんじゃないかなと思うテーマですよね。支援職のみなさんがされてることは、すごく難しいし、すごく繊細なテクニックだと思う。しかも別に冷たいわけじゃ全然ないじゃないですか。ある意味熱い関わりをされていて、でもバーンアウトするような共感とは全然違った関わり方をしている。これはすごく不思議なことですよね。その仕組みを描くことを本気でやろうとした人って、そんなにいないんじゃないかなと思うんですよね。対人援助職の関わりも、それを分析する僕の視点も感情移入では全然ない。そのところは大きなテーマになり得ると思います。

ジェンダーの視点

宮地　あともう一つ、村上さんのご著書ではジェンダーの視点をあえて抜いてるのかな、と。

村上　これも本当に弱点ですね。自覚してます、ジェンダーを入れられてないって。『ケアとは何か』でも、編集者さんに「ジェンダーの視点を」と言われたんですけれども、結局入れ込めなくて。これはわかってるんですけれども、すごく難しいです。

僕の医療関係の本に出てくる登場人物は八割九割が女性です。もちろんケアラーに女性が多いというのもあるんですけど、それは何なのかっていうのは本当は議論しないといけないところだなとは思っています。

宮地　簡単に入れられる話じゃないだろうとは思うので、ジェンダーが入ってないからダメということではないんです。ただ「ケアそのものがフェミニンなものだ」として、女性性と結びつけられることが社会的には多い。でも今、例えばケアリング・マスキュリニティっていう言葉も出てきているし、実際に男性の看護師さんや介護士さんもたくさんいて、その人たちにはその人たち独特の悩みなんかもあるかもしれないし。そこもとても大事なところだろうなと思うんですね。

もちろん、性別を明記したらいいという話ではないんだけど、読んでいてインタビューを受けている人が男性か女性かもわからないじゃないですか。男性か女性かわかったからって何がわかるんだとも言えるんだけど。でもやっぱりケアを考えるときに、どうジェンダーを入れていったらいいかも、今後の村上さんのテーマの一つであってほしいんだけど。

村上　すごく意識してます、そこの部分を。社会的規範との関係というのが看護についての僕の本ではテキスト全体に弱いのですが、ジェンダーの問題と社会規範がどう働いているのかということは、本当は入れ込まないといけないと思っています。例えばエヴァ・フェダー・キテイのケアの倫理の議論はもうみんなの前提としてあると思うので、それとはちょっと違った仕方で考えないといけないんだろうなと思ってはいます。つまり女性が引き受けてきたケア労働というのとは違う議論を考えたい。

宮地　難しいところですよね。さっきの「聞く」ということも、どちらかというと受け身で女性性と結びつきやすいですね。「書く」とか「分析する」のは男性的だったり。

うーん、この話をしだすとなんか泥沼に足を突っ込むことになるかもしれないなと思いつつ言いますが、伝統的な精神病理学に対しての違和感というか、暴力的だなと思うのが、あくまでも自分が外にいて分析する側、観察する側、記述する側であることです。相手からの応答も聞かない。それが私は苦手です。あと、身体性がないという感じもあります。『トラウマにふれる』（金剛出版）にも書いたのですが、身体性、つまり触覚や嗅覚、味覚などが、臨床やケアに深く関わっているのに、それらがずっと無視されたり、軽視されてきたと思います。

現場に巻き込まれる

村上　パッと思ったのですが、宮地さんの本には、宮地さんがどういう人、どういうお医者さんなのかが透けて見える。身体性が透けて見えるんですよね。たぶん僕が看護の研究をしていたときには、それが薄かったなって思うんです。あとやっぱり当たり前なことですけど、宮地さんはお医者さんで、臨床家として責任を負って現場に巻き込まれている。なので、その責任の度合いがすごく大きいですよね。僕はあくまで研究者でしかないので、本質的には赤の他人なんですよね。構造上、あれ以上現場に入れなかった、ということがあるんです。

ただ、大阪・西成が舞台の『子どもたちがつくる町』（世界思想社）ではかなり改善してるのかなって思います。あの本は、現地に通いつめて自分が入り込むなかでしか書きようがなくなっていたので、僕がどういう立ち位置で、どうこの場所に居させてもらってるのか、ちょっとは入れ込ませることができるようになってきたかな。

どうやって自分が巻き込まれているのかが明示されるかされないかは、たしかに大きいと思います。看護の研究をしていたときには僕はある意味、抽象的に研究者として書いていた部分があった。それは自分でも意識していた限界でした。今通っている西成の子育て支援では、傍観者ではなくて、巻き込まれて子どもに殴られるし、現場にいる人たちのアドボケーターにもなっているので媒介者になってくる。西成では赤の他人ではすまされなくなって、関係者として巻き込まれ始めたことで変化が起きてきました。

宮地　「距離を置いて観察して記述する」のが、学術的な営みのずっと長い伝統だったわけですよね。医療人類学にもそれがフェミニズムやポスト・コロニアリズムなどによって変えられていった。流れがあって――人類学では、他者を記述するということに対して、植民地主義的だという批判が出て、だいぶ変わりました。ただそうなると、今度は人類学者の自省的な悩みばかりを聞かされるようになって、それはそれでつまらないんですよね。「あなたのことはどうでもいいから、その村の人たちの世界を見せて！」みたいな(笑)。そこはすごく悩ましいところです。

私の場合、自分が透けて見えるほうが読む人に伝わりやすいというか、そうじゃないと伝わらないだろうと思ってるから書いてるので、自分のことを書きたいわけではまったくないんですよね。

村上　それはわかります。

宮地　今までの精神病理学的な精神医学では書かれてこなかったことを書いて、読んだ人に納得してもらうためには、自分の中をどう通っていたのかを言わざるを得ない。だぶんそういう意味では、村上さん、今面白い時期にあるんですね。巻き込まれて……。

村上　そうですね、どんどん西成という場所に引きずり込まれていって、なんていうか、すました顔ではいられなくなってるっていうのが実際のところなんです。僕の意思でという部分もちょっとはあるけれど、それよりは場のほうから足をぐいぐい引っ張られている感じがすごくあります。

宮地　そういうものなんだと思いますよ、きっと。選ぶわけではなく、引きずり込まれていく。巻き込まれて逃げられなくなっていて、気がついたら……みたいなところがある。でもだからこそ見えてくる面白いものもたくさんあるのかなぁって思います。必然性や切迫性のあるものがでてきそうです。

村上　だからすごく楽しくもなってます。大変といえば大変だけれども。

時間

村上　「時間」というテーマがだんだんと宮地さんのなかで際立ち始めているような気がするんですが、いかがですか。しかもいろんなレベルで問題になっているのかなって。

宮地　そうですね。二〇二〇年に共同通信で配信した一二回のエッセイの連載『揺れるこころ、ふれる言葉』で、「ずれる」や「逸《そ》れる」や「ゆれる」といった、いろんな〝れる〟がつく、でも受身や尊敬ではない言葉について考えたんです。身体や感情は人によってリズムが違うから、タイミングがとっても大事です。さっき「インタビューでは待たなきゃいけない」と話されましたけど、「待つ」ってすごく体力がいるんですよね。待てなかったり、沈黙に耐えられない、間が持たないと、聞き手がつい喋っちゃって、本来ならそのあとに出てくるはずのものを聞けないということは非常に多いですね。

あと、人が人と一緒にいるときというのはリズムが違っていて、どっちかがどっちかに合わせなきゃいけなかったりするわけです。どっちが合わせるかによって、力関係が変わっていく。一緒にいて安心ができる人っていうのは、自分のことをじらせもしないし、かといって、待たせすぎもしない。

その連載のエッセイにも書いたんですけど、「包容力」という言葉は空間的に理解されがちなんだけど、実は「包容力」っていうのは相手を待てる力だったり、なんとなく相手をうながしたりする力だったりするんですよ。時間をうまく相手と合わせつつ、つきあう力。それがいちばんよく表れるのは、危機的な状況のときです。

村上　危機的な状況というのは？

宮地　例えば家族が行方不明の状態にある方と寄り添っているときなどですね。その方は、早く新しい知らせが欲しいと焦りつつ、でも、いつどんな知らせがくるかわからない状態でずっと待たせられ続ける、とってもじれったい状況にあります。そういう時間にサイコロジカル・ファーストエイドの人は寄り添うわけです（「サイコロジカル・ファーストエイド実施の手引き　第2版」日本語版 https://www.j-hits.org/document/pfa_spr/page1.html 参照）。そういうじれてる人のそばにいて、ちょっとでも落ち着かせるというか、待つ時間をなんとか耐えられるようなものにする。「焦っちゃいけません」と言ったって、焦ったり、じれたりするのは仕方がないじゃないですか。そういう人と一緒にいられる能力とか、その人のテンポをちょっとだけ楽なように戻してあげるとか、そういうこともたぶん、人間と人間のあいだの調律としてあるのだろうな、と思います。

村上　今、宮地さんからお話いただいた部分って、僕自身の今の関心とすごく重なります。一つは僕の場合だと人間関係がポリリズム、つまりリズムがずれたり合ったりずれたり合ったりという形でずっと見えていたので。だから医療現場もそういうふうに見えてくる。

タイミングと呼ばれるものはなにかリズムが変化する時なのかなって思うんです。それまでの複数の人のあいだのリズムの取り方が、あるタイミングをきっかけにしてガラッと変わるような瞬間というのがたぶんあって、医療とか福祉の場所にいるとそういうものに出会うことがあるんです。そこはすごく面白いなぁと思っています。

複数の人とのあいだにあるリズムと同時に、自分自身一人ひとりのなかにいろんなリズムがまずありますね。これは中井久夫先生が書かれていたことですけど、自分のなかに生理的なリズムから、友人関係のリズムだったり、家族関係のリズムだったり、お仕事のリズムだったり、いろんなものが重なり合って、それがうまくいったり、いかなかったりする(『交わらないリズム』青土社、第1章)。それが人間なんだっていう感覚が中井先生にはあったんだと思います。リズムから見ると、個人のなかのあせりやゆとりから対人関係の間合いやぎくしゃく、環境とのやり取りまで連続的にとらえることができる。

時間を支配される

宮地　身体的な暴力はなかったけどモラハラというか、精神的なDVを受けた被害者の方が言ってたこと、それがすごい印象に残っているんですね。その人は夫から「あなたは空気みたいな人だから」って言われたと。

でもその女性が空気のような存在であるために、どれだけ自分を犠牲にしてきたのか。そしてそのことに、モラハラ夫のほうは気づいてないわけですよね。その女性が空気であることが当然のように何十年もやってきた。でも、彼女は、相手にとっての空気になるのがもう無理だと思って離れようとした。そのときに初めてそういう言葉が出てきたわけです。夫からすると妻が空気であることは当然であって、それは要するに夫が自分のタイミングでやりたいようにやっていて、それにすべて彼女が合わせていた。彼女のリズムはまったく尊重されていなかったっていうことなんです。

DVについては、加害者が家の中のほとんどの場所を仕切ってるという空間的な理解もできるんだけど、誰が時間を支配しているのかという意味でも捉えられる。「何かが苦しいんだけど何が苦しいのかわからない」っていうときに、結構自分の時間が支配されていることが多いんです。例えば、携帯でメッセージ送ったら、即返を常に要求されていたりとかね。それもある種の時間の支配じゃないですか。そういう意味でも、時間についてあらためて考える必要がありますね。

でも時間についてあんまり良い理論がないというか、特に臨床に関して、時間について明示的に書いているものというのは、あんまりない感じがします。それこそ中井久夫さんや木村敏さんが書いているのはあるんだけど、もうちょっと身近に使いやすいものがあるといいなぁと。

村上　DVで、片方の人のリズムが消えちゃうというのは僕はまったく知らなかったです。リズムってずれるだけじゃなくて、片方がなくなっちゃうまでに不均衡になることもあるのですね。たしかに、ヤングケアラーだった方のインタビューをしていて、そのなかで「自分が消えちゃう」「自分が空っぽ」と語った人たちはいました。暴力被害者ではないけれど、自分を消すことで家族の和を保つというところは同じですね。リズムの問題としては考えていなかったけれど、たしかに家族のあいだの異なるリズムを、誰か一人のリズムを押し殺すことでやり過ごすというのはそのDV被害者女性とヤングケアラーたちとで一緒ですね。

「それる」の時空間

宮地　時間の問題から、それこそ「ずれる」んだけど（笑）、さっき言ったエッセイ連載のなかで「逸《そ》れる」っていうのも書いたんですよ。回避することについて。タブー領域のテーマについては、逸れるじゃないですか。みんなその話はしないで、話題が出かけてもスルーして、気が付いたら逸れてる。

そのなかで「斥力《せきりょく》」という言葉を初めて使ったんです。読み方さえも、食パンの一斤、二斤と字が似てるから、「キンリョクだっけ？」とか思いながら。でも排斥の斥だから「セキリョク」なんだと気づいて、覚えました。村上さんも「斥力」のことを『ケアとは何か』で書いてましたよね。「大変な出来事でした」と語ることがトラウマだと思われてるけど、ほとんどの場合は避けて通られるところにこそトラウマがある。だから、どう斥力がはたらいてるか、ということをきちんと見わけられるようになるのがとても大事なんじゃないかって思っています。斥力というキーワードを見つけられたことはよかったと思います。それと時間論をどう結び付けられるかはちょっとまだわからないけれど……。基本的に「逸れる」ってやっぱり空間的なものだとは思うんですが。

村上　なんか時空間が一体になってますよね。要するに三次元空間でもないし、時計の時間でもない。空間的なイメージとしては「逸れる」けれども、時間的なイメージでは「ずれる」というふうに言える場面もきっとありそうです。なにかそういう三次元とか物理学的な時空間とは違った時空間なんでしょうね。

斥力は語られない沈黙のなかに核があるということでもあるから、あるブラックホールをめぐって時空がゆがんでいて、ゆがみをつかまえることで間接的にその核がかいま見られるというふうにもとれます。

宮地 症状としては「回避」と言うんだけど、でもそうやって回避することによって、なんとかそのときをやり過ごして生き延びることは、人生のなかでとても重要な手段だと思うんですよね。そんなにみんな真正面からぶつかってはいかない。逸れられるところは逸れて、避けて生きていくことが多いと思います。そのことと、時間をやり過ごす、しのぐということとの関係も私は見ていきたいですね。

　時間に対してはたくさんの関心があって、先ほどの「焦《じ》れる」「焦《あせ》る」もその一つですけど、もう一つ、患者さんが、「今のこの時間がもうどうしようもなく耐えがたい」というときに、自傷などをしないで——まぁ死ななかったら自傷でもいいんですけど——どうやってその時間を「やり過ごしてもらうか」がとても大事なテーマです。なんとかしのげたら、その後はけっこうケロっとしていることがあるので。とにかく今日もったら明日はまた気持ちが変わるかもしれない。

村上 今、全然関係ないこと思い出したんですけど、ユダヤ教の「過越しの祭」ってありますね。出エジプトをお祝いする祭りです。神が過ぎ越すになるのかな、ユダヤの人たちの場合は。ちょっと全然関係ないですけど、レヴィナスのことを思い出しちゃいました。（注1）

　過ぎるって、何かが過ぎるんですけど、何が過ぎるかわからないですよ。時間をやり過ごすんだけれども……何が過ぎるんでしょうね。（注2）

宮地　そのときはものすごく視野狭窄に陥って、もうそのことしか考えられなくて、どこにも逃げ場がないと思っていたのに、次の日「あれ、なんだったんだろう」と思えることも多い。今、ひどい恐怖に襲われていて、その恐怖に襲われている状態をなんとかやり過ごして――寝逃げでもいいんですけど――なんとかしてその時間をやり過ごしてみたら、次の日はケロっとしているとか。あと「ぎゃ～」って泣いてわめいている子どもの注意をほかに向けさせることで、すっと落ち着くことがあったり、カッとなって暴力行為をしている人をなんとかなだめるなど、いろんな場面が想定されます。

そのときはもう、みんなが場に巻き込まれてしまっていて、圧倒されるんだけど、それをやり過ごせたら、ふっと我に返って「あれ、なんだったんだろうね」みたいなことってあると思うんですよね。

初心者だと慌てちゃって「どうしよう、どうしよう」となるときに、ベテランの人はそこをうまくやり過ごせる。例えば誰かが感情を爆発させて大騒ぎになるんだけど、他のことに気を向かせたり、ちょっと休ませたり、何らかの手段によってその時間をやり過ごせたら、危機を脱出できることは多い感じがします。たぶん西成でもよく起きてることじゃないかと。

村上　そうですね、いっぱい起きてますよね。大変な場面がたくさんありますもんね。(注3)

宮地　爆発はポリリズムでいうと、どうなるのかな。

村上 なにか凝縮してる感じがしますね。ポリリズムがブラックホールに全部吸い込まれるような感じですね。爆発のときって、リズムが複数は成立しえないような状況なので。その人にとってはもうそれだけ、場がそれだけになっちゃうと思います。そういう凝集の瞬間というのがあって、それをやり過ごすには、なにか質的にまったく違った時間が助けになる。やり過ごすことがさきほどの斥力になっていく。

宮地 でも、もう圧倒されるしかないときもありますよね。環状島の内海で海底火山が爆発したらそれに圧倒されるしかないし、津波や地震が起きたら、そのときはそれに飲み込まれるしかない。

村上 それは生き延びることはできるんですか。

宮地 どこにいるかによりますね。

カントとレヴィナスはどこにいたか

村上 今、カントを思い出したんですけど。カントは崇高論で「もし安全な場所にいさえすれば、今のような危険な場面も崇高として受け止めることができて、理性の力である道徳法則を発見できる」と言うんですね。だから安全な場所がないと飲み込まれてパニックに陥ると言います。カントの場合はそれが未開の人たち、キリスト教的な理性を持っていない人たちなんだって言うんですけれども……どうなんだろう。

宮地　カントは飲み込まれた人についても語っているんでしょうか。

村上　カントは語っていません。理性に対する信頼があったからだと思います。逆にショアーを経験したレヴィナスは語っています。レヴィナスは両親やきょうだいがナチスによって殺されているサバイバー・ギルト（生還者の罪悪感）をもっている人で、それをずっと引きずっている人です。だからそれを語ろうとしたんだと思っています。

宮地　そこを、なんとか言語化していただけると……。

村上　大きなテーマですね。レヴィナスの場合、自分自身は捕虜収容所のなかで生き延びることができた。でも親ときょうだいはリトアニアで銃殺されています。本人は環状島の内海ではない場所にいたけれども、家族は内海に沈んだ。その声をずっと聞いている人なのだと思います。『存在の彼方へ』（講談社学術文庫）は「反ユダヤ主義の犠牲者になった数限りない人々、これらの犠牲者のうちでも、もっと近しい人々の思い出に」という献辞で始まります。他者が自分の内臓のなかに入り込むというような表現や「身代わり」「迫害」「妄想」といった極端な言葉で「自己」を定義しようとするのですが、災厄に巻き込まれた状態からもう一回哲学を語り直そうとした試みだったのではないかと思います。

トラウマの時間（質疑応答1）

（会場から）――心理職として、病院で働いているものです。トラウマのある方があるとき、「そのときから時間がとまってしまっている」と述べられたのが非常に印象的でした。「周りの時間は流れているのに自分だけはそのまま」とも述べられ、時間性ということと、人とのつながり、孤独感ということとのつながりも感じました。

村上　一言だけいいですか。レヴィナスのことをずっと忘れていたんですけど、なぜか今日は思い出しました。彼は一九〇六年に生まれて一九九五年に死んでいます。倫理の哲学者とよく言われるんですが、戦後ずっと、ショアー（ホロコースト）や暴力について彼はずっと書かなかったんですね。最初に書いたのが一九六六年の「名前無しに」（旗なき栄誉）」（『固有名』みすず書房に所収）というテキストで、戦争が終わってから二〇年が経っている。そのなかで、「あのとき以来、時間が止まってる」と書いてるんです。時間のなかに腫瘍＝癌ができている、と。小さいテキストなんですけど、それを書いたあとから、トラウマの話をしはじめるんですよね。

そのあと『存在の彼方へ』のなかで主体性と同義語として、「心的外傷」という言葉と、あとは

「内臓」という言葉――フランス語で内臓と子宮は同じ言葉です――あと「迫害」という言葉を「自己」の同義語として使うんですね。そのきっかけになるのが「名前無しに〔旗なき栄誉〕」っていうテキストでした……というのを思い出しました。それだけです、すいません。宮地さんがちゃんとしたお答えをすると思います。

宮地 ちゃんとはできないけど（笑）。トラウマ的な出来事で時間がとまると、そのときから自分が二つの時間を生きている――一つは他の人たちと一緒に流れていく時間で、もう一つはそのときに留まったままの時間――と言われます。なにかのきっかけで、その出来事にもう一回取り組んで、だんだんまた時計が動き始めたということはよくあります。すごく単純化すれば、トラウマ的な出来事で時間がそこで留まり続けるっていうようなことはとても多いだろうなと思います。

あとは、どうなんでしょうね。さっきの爆発の話とかも、他の人には爆発が起きてないけど、自分だけに爆発が起きていて、そのことを誰とも共有できないときも、時間感覚っていうのは……。

村上 爆発のなかでは時間はないのではないでしょうか。

宮地 ないでしょうね。というか、とまらざるをえない。時間がないのととまるのを一緒にしていいかわかりませんが……。原爆でも、阪神淡路大震災でも東日本大震災でも、その時間でとまった時計というのが写真としても現れるけど、現実の人々の心のなかでもやっぱりそういうことは起きていることが多い。もう一回時間が動き始めるようにするにはどうすればいいのか考えなきゃいけない。

村上さんの言い方で言うとポリリズム――自分のなかにあるポリリズムがどうしようもなく共調できないぐらいのずれが起きちゃってる場合もあるし、周りの人と自分とのあいだでずれが起きている場合もある。そういう時間的な感覚そのものにずれがあるんだということを誰かがちゃんとわかって、その人に伝えられると、それだけでもだいぶ救いかもしれないですね。

そういう時間のずれがあることさえ、みんな認識していないかもしれない。別にトラウマ的な時間だけじゃなくても、家族のなかの誰かが危篤状態にあって何週間か過ごさないといけないようなときも、その人にとっての時間感覚と、周りの人では全然違いますよね。

研究者のあいだでも、歴史学をやってる人と現代政治学をやってる人では、時間の感覚が違っています。〝いま現在〟という時間そのものについての捉え方も、研究分野や研究対象によって、非常に違ってるな、と感じることがありますね。

村上 それはそうですね。

宮地 あとやっぱり子どもですよね。子どもと大人では時間感覚がまったく違うでしょうね。それに子どもは目に見えて成長していくから、三年会っていないと、その三年という時間が身長の変化として、もろに現れる。でも子どもの心の中の一部は三年間ずっと時がとまっている可能性もある。インナー・チャイルドなどがそのようにしてできることもありますね。

時間の濃淡（質疑応答2）

（会場から）――お二人は、時間の濃淡についてはどのように捉えていらっしゃいますか？

宮地　濃淡の話をする前に、ちょっと思い出したことを言いますね。なぜ時間が気になるかというと、臨床現場は本当に時間が勝負だったりします。精神科の場合はそれほど緊急はないけど、産婦人科なんて五分であっという間に赤ちゃんが死にそうになったり、お母さんが出血多量で死にそうになったりする。その五分はとても濃厚であり、運命を変えるクリティカルなものであり、ものすごく焦らなきゃいけないわけですよね。哲学や倫理的な議論を聞いていると、時間的制限が考慮されていないと思うことが多いんです。臨床では、時間や空間の有限性の中で、選択ともいえない選択をせざるを得ないことが多いのに。これは質問された方の言う濃淡とは別のものかもしれないけど。

村上　僕も助産師さんのインタビューをとってたときに、それこそ出産の瞬間、あるいは陣痛が来て出産するその瞬間の時間の、濃度と強度の高さを聞くことはありますね。救命救急やICUといった命に関わる場面のケアのことをクリティカルケアと呼びますが、一分一秒が生死にかかわる場面の時間の濃度もだし、子どもが生まれる、赤ちゃんが誕生するってその場面の濃度もあった。これは生命の濃度なんだと思うんです。

宮地　同時にね、そういう五分が得意な医療従事者もいるし、それが苦手な人もいる。間延びしている時間が苦手な人というのもいるんですよね。慢性疾患より、急性疾患の対応が得意な人や、緊急対応の方が楽だという人もいます。

ただ、必ずしも、運命が分かれるような、濃度の高い五分だけが大切だとも限らない。「律速段《りっそく》階」という言葉があるんです。自律の「律」に速度の「速」です。化学反応全体にかかる時間を決める段階の話ですが、変化がとても速く起きているときじゃなくて、ダラダラと変化が起きているときのほうが全体の時間を決めるんですよ。劇的に変化が起きているところで全体の時間が決まるように思われるけど、別に三〇秒で起きる変化が一〇秒で起きたとしても二〇秒しか変わらないですよね。でも三〇分で起きる変化が五〇分に延びたら、全体としては二〇分違う。三〇分のところが二九分四〇秒になるだけか、五〇分になるか。あまり知られていないけど、律速段階という捉え方って大事だな、と思っていて。どう大事かをここでうまく説明はできないんだけど（笑）。

村上　なんか、基本的なリズムがあるってことですかね。ベースとなるリズムがあって、そのベースとなるリズムの上に乗って、さまざまなリズムが動いていく、って医療現場に当てはまりますね。

宮地　濃淡でいうと、濃度の濃い部分のほうがみんな大事だと思いがちだけど、実は淡のほうが全体としては大事かもしれない、という話かな、無理やり単純化すると。非日常も大事なんだけど、実はダラダラしている日常のほうを大切にしたほうがいいというふうな言い方もできるし。

村上 いやぁ、思いがけない方向にいきましたね、打ち合わせとも全然違う話で、すごい楽しかったです。考えたこともないことを考えるきっかけをいただきました。

宮地 対談って、はじめ話そうとしていた方向と全然違うところに行くのが醍醐味でもあるので、とても楽しかったです。今後の課題もたくさん出てきましたね。なんらかの形で次につなげられたらと思っています。

（注1）「過越しの祭」はユダヤ教においてエジプト脱出を祝う祭。エジプトで奴隷として囚われていたユダヤ人が解放されて自由になったことを祝う。時期的にはキリスト教の復活祭（イースター）と重なる。

ユダヤ教では過越しの祭だけでなく日々の典礼のなかで、この隷属状態からの解放が想起され、民族のアイデンティティを確認する。過ぎ越しはこの民族の解放の記憶という始原の出来事のことである。

しかしレヴィナスは『諸国民の時に』（法政大学出版局）に収められた「思い出を越えて」というタルムード講話のなかで、ショアー〔ホロコースト〕は解放の記憶を無効にしたと論じている。それゆえ破壊的な外傷を経過したときには、思い出とは異なる仕方で世界を構想し直す必要があると考えることになる（彼の倫理はこの文脈のなかに位置づけられる）。宮地さんとの対談では、心的外傷の記憶と過越しの祭を結びつけてしまったが、レヴィナスの論旨は少し異なった。

（注2）『存在の彼方へ』のレヴィナスにおいて、自己は「他者から取り憑かれ、他者の身代わりになる者」という定義になる。それゆえ「外傷」が自己の定義そのものになる。ところで他者から取り憑かれるという出来事は、無限（神）が私を過ぎ越すことそのものなのだ（「過ぎ越し」のもう一つの意味、より深い意味がここに登場する）。しかし他者による取り憑きを通してしか神は過ぎ越さないので、神の姿が見えることはない。結局のところ何が過ぎ越したのかは分からない。ともあれ、対人関係という出来事が起きてしまうこと、これが第二の（レヴィナス的な意味での）過ぎ越しなのだ。

（注3）宮地さんが恐怖や爆発を「やり過ごす」と呼んだ出来事は、複雑な仕方で、レヴィナスと接続するのだろう。

後期のレヴィナスは、外傷体験の「目眩」に囚われることそのもののなかに主体の個体化を読み取ろうとする。外傷をやり過ごすこと、突き抜けることが主体の成立の契機でもあるのだが、そのとき主体の生成のなかに過ぎ越すのが無限＝神なのだ。もしも無限＝神が過ぎ越さなかったとしたら、主体は外傷体験の目眩のなかに、すなわち「ある il y a」のなかに融解することになる（『存在の彼方へ』第5章）。

第2回

「もどる」

リズムと身体

2021年9月27日（月）

逆進化／フラッシュバック

村上 いろいろ思案しまして、今回の対談の入口を二つ考えてきました。一つは、宮地さんが『トラウマにふれる』（金剛出版）でエイミー・ベンダーの短編「思い出す人」の続編を書かれているので、ベンダーの作品を読んだ感想から入るバージョン、もう一つは環状島モデルにおける「一部了解不能性」の問題を考えるというものです……どちらがよろしいでしょうか？

宮地 どちらも面白いと思いますけれど……順番に行きましょうか。

村上 『トラウマにふれる』の章の間の「間奏曲」のなかに、アメリカの作家エイミー・ベンダーのデビュー短編集『燃えるスカートの少女』（角川文庫）に収められた「思い出す人」が登場します。この作品、アニーの一人称視点で書かれていて、パートナーのベンがどんどん逆進化をするという短編なんですよね。最初はヒトだったのがサルになって、カメになり、最後はサンショウウオになって、アニーが海に返してあげるというストーリーです。それを受けて宮地さんが続編＝スピンアウト「思い出される人」を書かれていて、そこではサンショウウオになったベンの視点からサンショウウオの経験が描かれ、今度は地球全体が逆進化する、つまり地球が壊れていくという壮大な短編小説になっています。

ベンダーの作品を読んでまず思ったのが、お互いがどんどんコミュニケーションを取れなくなっていって、主人公のアニーも逆進化していくパートナーのベンに対してバウンダリーを作って最後は離別する、というストーリーなので悲劇的かといえばそうでもなく、「もしかしたら逆進化は幸せなのかもしれない」という不思議な読後感がありました。ベンは小賢しい知性をもつ人間というものに飽き飽きしていたという前置きが効いています。そこでもう一度、宮地さんとベンダーの対談を読み返すと、宮地さんご自身もベンダーとの対話でそういったことを口にしている。これはどういうことなんだろう……そう感じました。

そしてベンダーが語る逆進化は、トラウマ記憶の逆流のようなものを感じさせます。トラウマの場合、過去が現在に押し寄せ、身体的に押し寄せてくる、少なくともフラッシュバックの瞬間はそのように侵襲してくる。あるいは過去に経験した身振りや情動が意識されないままに反復される。逆進化の場合には、自分の身体のほうが過去へ、しかも世代を超えてさかのぼっていきます。イメージや身振りだけが現在の身体へと反復するのではなく、身体がそのまま全体で過去へと遡行する。おそらくトラウマ自体も世代を超えたものを背負っていて、それが自分の身体のなかで動いて、逆の時間の流れが生まれるのかもしれません。第二次世界大戦の経験が三、四世代あとの現在の私たちの経験のなかに書き込まれていることに日常の小さな場面で出会うことがあります。逆進化したベンは身を持って過去の世代へと生成変化して過去を再現する。

宮地さんはこのことをどう考えるのか、そもそもこのテキストにベンダーが登場して、さらにこの短編小説を宮地さん自身が書かれていることはどうつながっているのか……はっきりした問いではないのですが、印象に残ったことをあらためて伺ってみたいです。

宮地　ありがとうございます。『トラウマにふれる』の中でも、異色の文章である短編小説「思い出される人」の話からくるとは思っていなかったので、ちょっと驚きました。その半面、村上さんも文学作品をかなり扱われているという意味では共通点もあるし、文学のなかにはある種のメタファーやアレゴリーがあるわけで、そのあたりに注目して読み解かれたことは、とてもよくわかる部分もあります。

逆進化については、時間が逆戻りして、近代化や現代化にともなう価値観さえ疑ってかかり、「逆のほうが楽ではないか？」ということにつながっていきます。それに、生物の進化と、人間に限らず個体が受精卵から胎児になって成体になる発生のプロセスは重なると言われていて、そういうことも念頭におきつつ、あの作品を書いていました。私には、作中で語らない人は何を考えているのだろうということに関心をもってしまうところがあります。ベンダーの作品ではサンショウウオになった恋人のベンは一言もしゃべっていないので、現象学ではないですが、ベンのなかに私が勝手に入り込んでしまった感覚があります。ただ、続編を書こうと思って書いたわけではなく、ストーリーが勝手にできあがってしまったわけですが、それでも何らかの必然性があったのではないかと、どこか他所事のように感じています。

（逆）進化はどこまでいくか

村上　ちなみに「必然性」というのはどの部分ですか？

宮地　私が続編を書いてしまったというか、書かされてしまったというか、そういうところです。環状島モデルができたときもそうだったのですが、この短編も、私が作ったというより、私を通してできていった、「書かれた」という感覚がありますね。中動態的と言っていいのかわかりませんが。

村上　僕には不思議に思ったことがあって、逆進化がとまるというのはどういうことだろう、というのがその一つです。サンショウウオで逆進化はとまるのか、あるいは地球が壊れるところまで行くのか――。

宮地　主人公のアニーは、サンショウウオになったところで恋人のベンを手放しただけで、逆進化はサンショウウオでとまっているわけではなく、もっと進み得ます。パートナーとの関係によって、もしくはパートナーの好みによって、どこでとまるかが決まります。それから、地球が逆進化するとか、壊れるというところまで考えていませんでしたが、文明が壊れる、人間が壊れるという意味は込めていて、文明はいつか壊れてしまうのでないか、壊れたほうがいいのではないかという私の思いが、ひとりでに出てきたのかもしれない。

村上　文明が壊れることを、ある種「良きもの」として考えていますよね。ここで僕はヴァルター・ベンヤミンのことを思い起こしていて、ベンヤミンの「暴力批判論」（『暴力批判論他十篇』岩波文庫所収）に登場する「神的暴力」（神の暴力）は、すべての秩序を破壊する。一方の「神話的暴力」は権力者が行使する暴力、暴君の暴力であり国家権力を創設する暴力と警察を用いて監視する暴力とされているのですが、対する「神的暴力」は国家権力を一掃するさらに破壊的で自然的な暴力です。大災厄にほかならない神的暴力によってはじめて人間は国家権力の暴力から解放されるという感覚をベンヤミンはおそらく語っています。

宮地　うーん……私が考えていたのは、きれいに一掃するというイメージではなかったですね。海底火山が爆発して、海が襲ってきて、火が燃え、人間が破壊されるとはいっても、いくつかの街が壊されるだけですから（海底火山の爆発については、環状島の内海をイメージする中で、常に可能性の一つではあったのですが）。一神教より多神教やアニミズムのほうが私には親和性があることと関係しているかもしれませんが、部分的でスポラディックな破壊でしかないです。ただ極端に世界がきれいに一掃されるべきだとは考えていないけれど、ちょっと人間はやりすぎているという感覚が自分のどこかにあるのかもしれません。「思い出される人」は東日本大震災が起きる前に書いたものなので、今読み返すと怖いというか、震災前と後では同じ読み方ができませんね。

村上　結末はかなり極端ですよね。トラウマとの関係という点ではどのようにお考えでしたか？

宮地　書いた時は、トラウマについては特に考えていませんでしたね。「思い出す人」は、アニーがパートナーを喪失する悲嘆の物語なのですが、「思い出される人」では悲嘆の対象となる側、つまり消え去る側を描いてみたかったのです。でも書いてみたら、悲しんでいるのではなくて、むしろ、ほっとしている。人間であることへの疲れが、逆進化した男性に、一様にある。そして、アニーとベンだけじゃなくて、多くのカップルに似たようなことが起きている。

本としてまとめたときには、「間奏曲」として位置づけ、いわば箸休めのつもりだったのですが、結果的には箸休めの中にもいっぱい「毒」が盛ってある造りになってしまいました。

「思い出される人」については、臨床の中でいろいろなトラウマを負った方に会って、私自身が一般の人より外傷的世界観に浸されていることも影響しているだろうとは思います。それと、どんどん共感疲労的な疲れがたまっていって休みたい気持ちをもちながら、臨床では丁寧にがまんづよく対応していかなければいけないので、時々わーっと叫んで全部壊してしまいたくなるような衝動もありますね。エイミー・ベンダーも書く小説の中でアクトアウトしているって言ってましたね。

村上　なるほど……、一見どうつながっているかわからないだけに、かえって「襞」が生まれていますよね。

「記憶」を考える

村上　エイミー・ベンダー＝宮地さんの短編との関連から、僕はここ何年かずっと読んでいるアンリ・ベルクソンのことも想起しました。ベルクソンはとても変わった考えの人で、『物質と記憶』（講談社学術文庫）では、脳に記憶は保存されない、つまり記憶というものは純粋記憶（souvenir pur）という場所に自然に保存されていて、脳は記憶を何らかの行為に役立てるためにフィルタリングをするだけの器官だと言うんですね。脳でフィルタリングされて使えるものとなったのがイメージ記憶（souvenir-image）と（お箸の使い方のような）習慣です。そして、このように純粋記憶から、今現在の行為に役立つ記憶を取り出す力を記憶力（mémoire）と呼んでいます。その後に発表された『創造的進化』（ちくま学芸文庫）では、進化論を視野に入れて系統発生の議論に踏み込んでいくのですが、エイミー・ベンダーの書いていたものは、ベルクソンが考えていた記憶のメカニズムを別様に描こうとしているようにも思えてきます。過去は系統発生も含めてすべて自動的に保存されているのだから、純粋記憶からイメージを取り出すことで現実化するのではなく、この身体の形態そのものにおいて記憶を再現してしまうと逆進化になる。

このことをトラウマの問題に引き寄せて考えると、脳が記憶のフィルタリングをする装置だとすれば、そのフィルタリングが傷を負ったことでうまく機能しなくなった状態がトラウマ受傷であるーーベルクソンならそう説明するのかもしれません。ただし実際には、失語症の事例から記憶を考えたベルクソンは、トラウマのことを語ってはいないのですが……。

宮地　ベルクソンという人は、おそらく「健康な思想」の持ち主なのでしょうね。村上さんの『交わらないリズム』（青土社）の記述から想像する限りでは、ベルクソンは知性を信頼していて、記憶は断片的ではなく整合性があるというイメージをもっていたのでしょうか？

村上　どうでしょう。制限をかける装置として脳を考えていたり、交霊術に興味をもったりするので単純な人ではないです。とはいえ、ベルクソンは、健康的でポジティブな人間像をもっていた人だと思います。そもそも西欧哲学は第二次世界大戦が終わるまでの二五〇〇年間は健康な白人男性をモデルにしています。一方でベルクソン自身、例えば脳は記憶しないと言ったり、われわれ人間の生命は生命全体の進化の一部にすぎないと語ったりと、かなり突飛で大胆な発想をする人でもあります。

宮地　私自身は記憶という言葉がちょっと苦手なんです。トラウマ記憶と一般的な記憶という図式的な分類があって、そうやって整理できる部分もあるけれど、そんなにきれいに分類できるのかという疑問もありますし、過去の出来事が記憶として残る／残らないという線引きも実際のところはよくわからないですし(注1)……これは「一部了解不能性」の話ともつながるかもしれないですね。

村上　あ、そうなんですね。でもトラウマと記憶は一般には切っても切り離せないテーマですから、とても意外です。

一部圧倒性・一部了解不能性

村上　では、僕が考えてきたもう一つのテーマに移りましょう。『環状島＝トラウマの地政学』（みすず書房）の第6章に、「一部圧倒性」「一部了解不能性」という概念が登場します。少し長くなりますが引用しますと、「「一部圧倒性」は、トラウマがもたらす衝撃と、そこからくる同一性の圧倒性や〈強度〉を示すものである。「自分もそうだった」「自分もそうなっていたかもしれない」という切実な思い、その奥にはしばしばその人が隠し持ってきたトラウマがある。「投企」に向かう、同一化の瞬間の切実さや圧倒的な確信、そういった〈強度〉をトラウマはもたらす。けれども、〈強度〉と全面的な同一化とは異なるものであるし、きちんと区別されるべきものである。どれほど同一化の瞬間が圧倒的なものであっても、それだけで自己が成り立つわけではないし、他者が成り立つわけでもない」（二一九〜二二〇頁）、「「一部了解不能性」とは、アイデンティフィケーションの過程において、他者から見ても本人にとっても了解不能なものが残るということ、ただしそれはすべてを了解不能にするのではなく、あくまでも一部であることを示している。環状島が浮かび上がるとき、なぜ「自分もそうだった」とか、「自分もそうなっていたかもしれない」とアイデンティファイするのか、当の本人にさえ理由がわからないことは少なくない。同一化への思いが強く、その圧倒性に突き動かされるときほど、ますますその理由がわからないかもしれない」（一二〇～一二一頁）と書かれています。

宮地　村上さんの『交わらないリズム』に登場する「ポリリズム」には、周囲とのずれを含むポリリズムと個人のなかでのポリリズム、大きく二つがあると言われていますよね。このうち後者のポリリズムと、「一部圧倒性」「一部了解不能性」という概念がつながるのではないかと私は考えていました。

村上　そこが接続するわけですね。『交わらないリズム』の第4章では、芥川龍之介「藪の中」の登場人物たちは互いが互いの死角となっていて、いわば「穴」がたくさん開いていることを「身体の余白」と呼び、「穴」が開いてしまう仕方でしか人と人は交わることができない、それゆえに対人関係は「ポリリズム」になると論じました。僕はこの点が、宮地さんの提唱した「一部了解不能性」とつながるのではないかと思っていたのですが……。

宮地　私はむしろ、個人のなかでのポリリズムとして「一部了解不能性」を考えていました。執筆当時、「一部圧倒性」と「一部了解不能性」という言葉によって、トラウマのある部分、特に「環状島モデル」の島空間に位置づけられない強度や形を言い表わそうと考えていたんですよね。

村上　「トラウマのある部分」というと……。

宮地　たしかにトラウマ体験において「圧倒性」や「了解不能性」はあるけれど、同時にそれがその個人にとっての全体ではないということを、「一部」という言葉で表現しようとしていました。

何らかの圧倒的な出来事を体験しても、それが体験した人のアイデンティティのすべてではありませんよね。でも、その人を出来事の「被害者」ないし「遺族」と捉えた瞬間、「被害者」ないし「遺族」であることしか許されない事態が起こり得る。それはその人の生活を著しく狭めてしまうし、結果的に回復を遅らせてしまう。でも周囲は、圧倒的なら全面的であると思い込みがちだし、全面的でないと圧倒的ではないと思ってしまう。仕事に行けるんだから、傷つきはひどくない、とかね。でも、出来事によって、まさにその人の中で分裂やずれが起きている。トラウマに捕らえられたままの時間と、日常生活の流れていく時間とが共存していく。だからこそ「一部」という言葉を含めることで、「圧倒的」ではあるけれど「一部」であることを表現したかった。

さらに「一部了解不能性」については、本人にも全体像はわからないし、説明のつかない「謎」が残ることを説明しようと試みた概念です。それも一〇〇パーセント了解可能か、一〇〇パーセント了解不可能かという二項対立的な捉え方へのアンチテーゼです。あくまでも一部了解可能で、一部了解不可能なのです。例えば、誰かが問題行動を起こした時、本人がすべてわかってやったことなのか、何もわからずにやってしまったことなのか、周囲は白黒つけたがりますよね。でも人間の行動ってたいていの場合、そのどちらでもないと思うんです。

バイアスを解《ほど》く

宮地　芥川龍之介「藪の中」の話に進みたいのですが、『交わらないリズム』で分析されている「藪の中」は、海外でも映画「羅生門」（1950）がよく知られており、真実の在処がわからないことを羅生門現象（The Rashomon phenomena）と呼ぶくらいです。村上さんの分析を興味深く拝読したのですが、私は、レイプ被害に遭ったクライエントに多く出会っていることもあって、文学作品の中でレイプがどう描かれているのかがいつも気になります。そのため、村上さんの分析の手前でひっかかってしまう部分がありました。ある作品を読むときの「前提」にはジェンダー・バイアスがかかっている可能性があるし、文学作品で描写されるレイプと実際のレイプ被害はまったく異なるから、そこで立ち止まってしまった。レイプ被害に遭ってその場面を誰かに見られたら誰かが死ぬしかないという「藪の中」の展開は、それ自体、ある種の「レイプ神話」（レイプにまつわる、まことしやかな思い込み）の一つかもしれないですよね。

夫の目の前でレイプをされたら、夫か犯人かどちらかの男が死なねばならないというのが「藪の中」の筋書きですが、しかし現実は決してそうではなく、レイプ被害女性がパートナーと苦しみつつ対話を続けながら一緒に生きていくことは多い（不幸にも別れてしまうケースもあるからパターンはいろいろですが）。

つまり、レイプ被害の結果すぐに誰かが死ななければいけない、誰かを殺さなければいけないという話になること自体、レイプ被害者は「その後」を生きてはいけないということが暗黙の前提になっていて、それも一つの「レイプ神話」かもしれない――文学作品として読むときには横に置くべきことかもしれませんが、文学もある規範を押しつける文化装置の一つと考えれば、レイプを素材にした作品には厳密な批判的読解が求められると思います。

そしてもう一つ。殺人事件が起きたあと、関係者の証言が食い違う時、互いに罪をなすりつけあうのが一般的な展開ですが、「藪の中」ではなぜか逆に、みんな「自分が殺した」と言っているわけですよね。

村上　僕にはジェンダーの視点が欠けていて、その点がまったく読み込めていませんでした……芥川の作品の解釈に関しては、「法から外れる」こと、つまり法や共同体から見放されて放逐されるモチーフに焦点を当てていました。それこそ「羅生門」や「蜘蛛の糸」もそうですよね。今はジェンダーの問題を芥川自身がどう考えていたのか、あるいはそれをどう読み解くかということを語れる準備がないのですが……。

宮地　もちろん、「すべてをジェンダーで斬る」必要はまったくないと思うんです。ただ、ギリシャ神話などを題材とするフェミニズム批評は、神話のなかにジェンダー規範がこっそり紛れ込んでいることを暴いているし、そこには敏感であるべきだとは思います。もちろん私も芥川の原作を読み込んでいるわけではないから、読み直すとさらにさまざまな側面が見えてくるかもしれませんね。

村上　例えば太宰治、夏目漱石、谷崎潤一郎などはジェンダーの題材が前面に出てくるから、ジェンダーを抜きにしては読み解きようがないのですが、もしかすると芥川はジェンダー問題が比較的前面に出てこないタイプの作家なのかもしれません。今まで僕もあまり強く意識はしてこなかったのですが、芥川の作品のなかでジェンダー規範がどう作動しているのかは、だからこそ逆に重要になってくるとも思います。

宮地　ある作品を批判的に読むには、それを称揚する人たちよりよほど深く読み込まなければいけないわけで、大変な作業ですが……お互いにまた次の課題ができてしまったという感じですね（笑）。「共同体から外れる」という意味では、海にサンショウウオとして放たれたベンの話ともつながるかもしれません。

わたしは眠るときに誕生する

宮地　話題は転じますが、「自分の身体に安心して住めない」という事態に関連して、レヴィナスの「終身性」という言葉のことが、ずっと気になっていました。

村上　「存在しているということの終身性（l'inamovibilité même de notre présence）」というレヴィナスの言葉ですね（『レヴィナス・コレクション』ちくま学芸文庫）。今おっしゃった身体に束縛されている、自分の身体に絡めとられて逃げることができない「終身性」というモチーフは、戦前の作品に登場します。その後、レヴィナスは従軍後に捕虜となって捕虜収容所で何年かを過ごし、帰還後、『全体性と無限』（講談社学術文庫）という主著で「顔」という概念に代表される倫理の議論をするようになり、いわばレヴィナスらしくなっていきます。

奇妙なのは、身体に絡めとられて逃げ出せない不眠や疲労という感覚を、戦争を経験する前からすでに論じていたことです。おそらくこの感覚は彼の根本を成していて、後期の『存在の彼方へ』（講談社学術文庫）という著作にいたるまで谺《こだま》が聞かれます。レヴィナスはまた終戦直後の『実存から実存者へ』（ちくま学芸文庫）で、自分の身体に縛りつけられた「不眠（insomnie）」の状態とは自己がきえる経験であるとも書いています。どうやらレヴィナスは若い頃から自己の身体を、おそろしいもの、自分ではどうにもならないものと考えていた節がありますね。

宮地　それはつまり、眠れないときには自分が消えて、逆に眠れているときには自分がいるっていうことですか？

村上　そうですね。自己の誕生とは眠ることであると語っています。自己を思考や意識と強固に結びつける西欧哲学の伝統に真っ向から対立します。

宮地　それは安心して眠っている状態なのでしょうか？

村上　「安心」という言葉は使っていないのですが、おそらくそういう状態がイメージされているようです。

ただレヴィナス自身にもねじれがあって、かつてはネガティブな身体経験だった不眠という現象は、晩年になると倫理的な意味をもつ概念に反転していきます。不眠こそが他者への覚醒（vigilance）であり倫理的な主体であると語るようになります。暗闇の収容所で眠れなくて世界が消えていくときに「ある（il y a）」だけが残るという戦中の経験は、むしろ後期になるとそれこそが他者の重みであって倫理的なものだとされて、ロジックが転回していくんですね。空虚に空気を吸い込むように私はつねに他者に取り憑かれている、と。

自分の身体にいやおうなく閉じ込められる終身性は、後期のレヴィナスでは他者へ向けて否応なく曝され侵入されている身体になっていきます。

自分の身体からは離れられない

宮地　ブラックホールみたいな印象ですね……。

トラウマに苦しんでいる患者さんたちは、自分の身体に安心して住まえなくて、それが自傷や解離などの症状として表現されることに気づかされてきました。学生から勧められて観た映画「生きてるだけで、愛。」（2018）に、主人公が彼氏に対して、「あんたが別れたかったら別れてもいいけど、私はさあ、私とは別れられないんだよね、一生。いいなあ、津奈木、私と別れられていいなあ」と伝えるシーンがあります。他者からは離れられても自分からは離れられないし、トランプゲームならばリセットして自分の持ち札を替え、別のゲームを始められるけれど、人生はそうもいかない。しかも自分の身体そのものがトラウマを引き起こすトリガーになっていたら、ますます自分を身体から引き剝がせない苦痛は強くなる……「終身性」という言葉はこういったことを言い表わしているように感じます。安住できない身体に閉じ込められるというのは、まさに「終身刑」に等しいですよね。レヴィナスの言う終身性とは違うのかもしれないけど。

村上　僕自身はレヴィナスを「サバイバー・ギルト」の人として読もうとしたので納得がいくのですが、不思議なのは戦前からこの「終身性」を語っていたことです。おそらく彼にもともとあった気質のようなものなのでしょうね。僕はレヴィナスに直接会ったことはないのですが、彼と親しかったジャコブ・ロゴザンスキーに話を聞いてみると、倫理の人ですから他者に開かれている社交的な人物だった一方、他方ではすごく閉じていてどこか他人を拒絶するところがあり、相反する印象を与える人だったようです。

宮地　先ほどの「一部圧倒性」「一部了解不能性」の話に引きつけるなら、もちろんレヴィナスにもナチスドイツによるホロコーストの影響があり、それは圧倒的な体験だったけれど、同時にそれはレヴィナスにとっての「一部」でしかなかった可能性もあるでしょうね。「一部でしかない」というと、軽視しているように思われるけれど、そうではなくて。すべてをホロコーストの体験で説明すべきではないし、説明できるわけでもないという意味で。単純化してしまえば、戦前の「終身性」は自分の身体の不調から逃れられないことで、眠りがそこから救いだしてくれていた。終戦直後は、眠れないとフラッシュバックに襲われて、自分らしい思考ができなかったということでしょうか。そして、だんだん寝逃げすることもできなくなり、晩年になると、寝逃げできない、寝逃げしないことに倫理性を感じようになる。サバイバー・ギルトにとらわれていて、自分が苦しいこと自体に意味を見出すということなんでしょうか。でも、すべてサバイバー・ギルトにくくってしまっていいのか。それに、眠ると悪夢を見るから眠るのは怖いという方も多いですけどね。レヴィナスは悪夢について何か語っているのかなぁ。

村上 面白い読み方です。伝記的にはレヴィナスがどのような経験をしていたのかは記録がないと思うのですが、テキスト上の変化は宮地さんがおっしゃったようなことを実際に経験していたとしてもおかしくない。

交わらなさ・ずれ・かみ合わなさ

宮地 ふたたび『交わらないリズム』に戻ると、とても面白い記述が多く、特に臨床の記述は私と同じようなことを考えているなと思う部分がたくさんありました。ただ、私はタイトルの「交わらないリズム」がまだ腑に落ちていないんです。一般に「交わる」ということは空間的、リズムは時間的ですよね……この時間と空間の関係が村上さんのなかでどうつながっているのか、そのことをお聞きしてみたいです。

村上　もともと僕はこの本を「ポリリズム」というタイトルで出版するつもりで書いていて、ですから本文にも「交わらないリズム」という言葉は出てこなくて、登場するのは「ポリリズム」のほうです。諸事情から刊行直前にタイトルを再考する必要があり、一度はまた別のものに決めたのですが、そのあと雑談のなかで担当編集の永井さんが、ある作家さんたちの会話について「全然かみ合っていなくて、〝交わらないリズム〟でした」とおっしゃってたのを聞いて「これだ！」と思い、今のタイトルに決まったという経緯がありました。

結果的に、このタイトルにして良かった部分は大きいです。リズムというものは通常「調和的なもの」と考えられますが、リズムはずれることもあるというのが僕にとっては重要で、その意味で「交わらない」という言葉の通りです。さらにリズムという切り口のメリットは、一人のなかのリズムと複数の人との間のリズムがジャムセッションのように広がって、交わったり交わらなかったりするリズムを同じ水準で語れることです。一人の意識だけではなく、「場」の全体に広がっているものとしてリズムを語れるから、時間でもあり空間でもあるようなユニークなトポロジーになるんです。

宮地　空間と時間のメタファーが重なっている面白さがある、出会いとすれちがいが結びついたタイトルというわけですね。考えてみたら臨床なんて、まさに「ずれ」と「かみ合わなさ」の連続と積み重ねですから、その意味でも良いタイトルでしたね。それに「ポリリズム」という言葉はオリジナルではないけれど、「交わらないリズム」には独自性や今おっしゃった広がりもありますよね。『トラウマにふれる』というタイトルも、最初はもっとオーソドックスなものでしたが、最終的にはこちらにして良かったと思います。

村上　このタイトルは、ちょっとドキッとしますよね。「間奏曲」でエイミー・ベンダー論や中井久夫論が入って構成に工夫が凝らされているとはいえ、本編の内容はさらにハードですから……。

宮地　読者にとっては読み進める負担が大きかったかもしれませんね……。もちろん書くのも、校正で何度も読み返すのもつらかったですが。

臨床を書く

宮地　ところで最近、私は、『治療文化の考古学《アルケオロジー》』（『臨床心理学』増刊第13号）で森茂起さんと行った対談を読み直したのですが、つくづく、原稿では書かないことが対談ではたくさん語られることを実感しました。特に臨床のことは、患者さん側の話は書くけれど、自分の臨床については今までほぼ言語化してきませんでしたね。

村上　ご自身の臨床のスタイルについては書かれないのですね。自身の臨床を書く臨床家というと、中井久夫門下で若くして亡くなった樽味伸さんに「素の時間」という有名な論文があります（樽味伸『臨床の記述と「義」』星和書店、三脇康生編『臨床の時間』ナカニシヤ出版にそれぞれ所収）。

宮地　安克昌さんも連なる一つの系譜ですね。臨床は暗黙知のようなところがあって言語化が難しいし、言葉にするとかえって嘘みたいな感じがすることもあります。それに失敗については語れるけれど、うまくいったときのことはあまり話せないかもしれなくて……。

村上　逆に、失敗談を多く書いている精神科医やカウンセラーの論考を、僕はあまり読んだことがないかもしれません。

宮地　今は守秘義務もあるし倫理問題もあって、症例を書くこと自体が難しい時代になっています。症例抜きに臨床の実際を書くことはなかなかできないし、患者さんの同意を得たら書けるとはいえ、同意を取るタイミングも難しいし。でも、それも含めてどうなんでしょうね……やはり言語化してしまうと、実体とは違うものになってしまう感じがするのかな。優れた臨床家の場合、その人について回って一緒に時間を過ごしていると、「間」の取り方や声の出し方などからその人の臨床観が立ち現われることはあります。

村上　きっと文章化しても伝わらない領域があるのでしょうね。ただ、そうすると僕みたいに臨床の外にいる人間にはわからないのが残念です……。

僕はドナルド・ウィニコットが好きで、長くずっと読んできたのですが、ウィニコットは事例について多く書き残していて、人となりがよくわかって興味深い。ウィニコットは精神分析家ですが、自分から解釈を語り伝えることがほとんどない。それでも、例えば子どもの臨床をしているときに夢を尋ねるタイミングを選んでいることはわかる。ここぞというときに、「どんな夢を見るのか」「怖い夢は見ないか」「夢のなかで物を盗んだりしていないか」と聞いたりしています。

最も印象に残っているのは、ガブリエルという少女のケースをまとめた『ピグル』（金剛出版）という本です。ある日彼女がドアを開けた途端、それまで使っていた「ピグル」というニックネームで呼んではいけないと瞬時に悟ったウィニコットが、「ハロー、ガブリエル」と呼びかけるシーンがあります。そういう場面の記述を読むと、ウィニコットの才気のほどがわかってきます。

宮地　私の場合、臨床をしているときは目の前のことで必死だからあまり細部を覚えていないのですが、ウィニコットはどうやって自分の臨床を再現できたのでしょうね……弟子が記述しているわけではないんですよね？

村上　おそらく違うようですね。あるテキストでは、二歳のときに診ていた男の子が八歳になって小学校で盗癖が出て連れてこられたケースが紹介されています。その後、この子にスクイグルを受けてもらって描かれた絵の形を見たウィニコットが、そういえば二歳のときに指を母親の口に突っ込んでいたと思い出し、その瞬間、「夢はどんなものを見るの？」と聞いている。こういった場面の記述を読むと臨床家がどんな経験をしているのかがよくわかるんですよね……（『子どもの治療相談面接』岩崎学術出版社）。ですから、宮地さんもそういう本をぜひ（笑）。

宮地　臨床は即興だから、応答するのに必死で、何をしていたか覚えてないんですよ。対談も同じで、あとから誰かが残してくれた記録を読むと「こんなことを話していたのか」と思うんですよね……。臨床は誰かに記録してもらったことも、録音や録画したこともないから、何をしているか自分ではわからないですね。

「言語以前」を考える

宮地　村上さんの本にはウィニコットやダニエル・スターンのことが書かれていて、私よりよほどこの方たちの著作を読んでいるのだと感心します。私は、解離の研究者であるフランク・パトナムなどをよく読むのですが、彼がまさにウィニコットやスターンから教えを受けた人だから、私は孫世代のような感じで彼らのテキストを読んできたことになりますね。パトナムの書いたものはとても面白くて、子どものときは自我状態が複数に分散しているという理論を提唱していて、先ほどの「ポリリズム」とつながる部分もあって説得力があります（『解離』みすず書房）。私自身の解離の理解はパトナムによるところが大きく、中井久夫先生や安克昌さんが翻訳していたから読む機会に恵まれたし、臨床で出会う解離の事例の方々にもパトナムから学んだ解離理論が役に立っています。

村上 僕が『交わらないリズム』で引用したのは主に精神分析系のとくに対象関係論の臨床家たちでしたが、トラウマと精神分析の相性はやや微妙なところがありますよね……。

宮地 古典的な精神分析理論に潜むセクシズムや家父長的価値観については値引きしなければいけないけれど、精神分析家の人たちの知恵からは学ぶことが多いし、トラウマ研究の人たちのベースには精神分析や精神力動的な理解があると思います。もちろんジュディス・ハーマンやパトナムもそうですし、トラウマとアタッチメントの関係を研究している人たちも精神力動や精神分析の知識が豊富です。歴史的にはフロイトだけでなく、ピエール・ジャネ、シャーンドル・フェレンツィなどがトラウマについての先駆的な議論をしています。けっして精神分析は一枚岩ではなく、バリエーションは豊かですね。例えば、私がよく共同研究をしているエルネスト・ムヒカや、『少年への性的虐待』（作品社）のリチャード・ガートナーは、アメリカ・ニューヨークにあるウィリアム・アランソン・ホワイト研究所に所属していますが、カレン・ホーナイやハリー・スタック・サリヴァンの流れをくんだ対人関係論的精神分析の拠点です。古典的精神分析の大きな限界は「言語以前」にどうアプローチするかということなんですけど、子どもの精神分析にたずさわっている人たちは「言語以前」を丁寧に研究していて、ウィニコットもその一人ですよね。

村上　ウィニコットのトラウマ論は「言語以前」のトラウマの議論が主で、彼がサイコーシス（精神病）と呼んでいるのはすべて「言語以前」のトラウマの後遺症と考えることもできます。奇妙なことですが、R・D・レインと同時代人だったウィニコットの症例報告には、いわゆる統合失調症の人は一人も出てこないんですよね……。

宮地　サリヴァンの紹介する統合失調症の大半が実はトラウマ症例だったという議論もあって、サイコーシス（精神病）や統合失調症にはまだ問い直す部分が多くあるでしょうね。トラウマと統合失調症をきれいに分けることはできず、その「間」の部分もあるだろうし、重複もあるでしょうね。そういった論点を理解するためにも、例えば芥川龍之介のような文学作品を読み直すのは大切かもしれません。

村上　特に日本近代の作家たちの多く、特に夏目漱石や芥川龍之介や三島由紀夫は子ども時代に大変な経験をしていて、芥川は統合失調症だったとも言われますし、内海健さんは三島について発症には至らない「分裂気質」と語っています（『金閣を焼かねばならぬ』河出書房新社）。

宮地　いろいろ興味深い分析が病跡学的になされていますね。ただ、診断名をつけてしまうと逆にわからなくなる場合もあると思うんですよね。

トラウマと統合失調症については、清水加奈子さんと共著論文を書きましたが、なかなか難しいテーマです(「複雑性PTSDと統合失調症」『そだちの科学』二〇二一年四月号)。

臨床のポリリズム(質疑応答)

(会場から)――ある場所に入るときの自分の身体、誰かと会うときの自分の身体について、どんな場や人に対してどんな身体になるのか、教えていただきたいです。私はクライエントに会うとき、力が抜けたり、逆に力んだりするのですが、人によって、また日によってその感覚は違っていて、それがどれくらい共通の感覚なのかをお聞きしたいです。

村上　きっとこれから宮地さんがすばらしい回答をされると思うので、まずは僕から(笑)。僕は臨床家ではないから、インタビューをするときに心がけていることが一つあります。それは「姿勢を悪くすること」です。ご質問にあった「力が抜ける」という感覚は、僕にはよくわかります。自分の身体が緊張していると相手も緊張しますよね。相手の方が真剣にしゃべっているときは、身体が前のめりになることもあるけれど、こちらの身体が強張るのは聞き方として適切ではないと思っているんです。だから姿勢を悪くすること、そして「待つ」ということも強く意識していますね。

宮地　たしかに姿勢よくインタビューをしていたら、話す気がなくなってしまうでしょうね。村上さんの話から連想したのですが、支援者・治療者側の体調によって受け取れる波長も違うはずですよね、体調が悪いと聞けなくなる音楽もたくさんあるように。ですから支援者の体調によってリズムが左右されることも知っておくといいでしょうね。村上さんの「姿勢を悪くする」というのも面白い発想です。以前、将棋棋士の羽生善治さんが、「体調がちょっと悪いぐらいのときのほうが対戦成績は良い」と話しているのを聞いたことがあります。つまり、自分で絶好調だと思っていたら案外うまくいかないというわけですが、これはとてもよくわかりますし、「姿勢を悪くする」という村上さんの話にもどこか通じています。

私は、臨床ではない場でも、こっそり隠れてなるべく目立たない存在でいたいと思っているところがあります。そして臨床のときは、相手に対して侵入的にならないことを心がけています。体調がいいと、はりきってしまって侵入的になることもありますね。羽生さんの言葉みたいに、体調が悪いときのほうが逆に臨床においては良いこともあると思えたら、臨床家にとっては気が楽になるし、救いになるかもしれませんね。

（注1）記憶というと、それはメモリーカードやメモリースティックに入れられるような何かひとかたまりのものとしてイメージされやすい。けれども記憶とは、むしろ媒体そのものに刻み込まれるものなのだ、と私は感じている。例えば自分以外の人のパソコンを借りて文章を入力すると、いつもとは異なる漢字変換がなされるように。そのように媒体化されている記憶、血肉化されている記憶、身体化されている記憶がおそらく重要なのではない

かと思う。第6回でも少し触れられるが、記憶媒体もしくは媒体記憶そのものがさかのぼっていくということが「逆進化」なのだろう。

II

動きをみつめる

第3回

「とまる」

生とトラウマ

2022年2月19日（土）

東日本大震災と立体交差的に折り重なる時間

村上　今日は「とまる」というテーマですが、最初にこのテーマが出てきたときは、トラウマと関係した議論として出てきているんですよね。わりと否定的なかたちで出てきていますね。

宮地　そうですね。一番最初に話したときは、トラウマ的な出来事が起きた時に時間がとまるという話でしたね。例えば広島に原爆が落ちたその時間のままとまった時計が残っているように、その出来事に遭遇した人もある意味そこで自分の中では時間がとまっている。でも現実の時間は流れていて、そこでも日常生活をなんとか生きなきゃいけない。そういう二つの時間というか、乖離したものをずっと抱えながら生きている。それは不可避なことだと思うし、けれど他の人と話をしたり、いろんなかたちでトラウマがだんだんほぐれていくことによって、少しずつとまってしまっていた時間が動きだすってこともあるし、でもとまったまま、ずっと抱えたまま最後までいくこともある、というような話をしたと思います。

村上　ついこの間、僕初めて福島に行ったんです。そこで、山内明美さんと福島県の高校の先生の渡部純さんとお話をする機会がありました。お二人とも、被災した当事者の人たちとの関わりが日常的にある方ですが、停滞だったり、とまるというのとまた別な仕方なのかもしれないけれど、一一年前の三月に釘付けにされたような特異な時間と空間のあり方をしているんですね。震災から一〇年経って、一一年経って、完全に凍り付いているのとは違った仕方で、停滞というか、そこに引き戻され続けている人たちなんだな、と感じました。

宮地　「釘付け」っていう言葉はまさに、ですね。

村上　他方でさっき宮地さんがおっしゃったように時計がとまっているような状況も現地で見ました。実際に小学校などの遺構に行くと時計がとまってるんですね。地震が二時四六分におきて、そのあと津波がきて、三時半ごろに全部津波で流されて、時計がその時間でとまってるんです。そのままフリーズドライになっているんですけど。それと同時にそこに生きている人たちはまた違ったとまり方なんだなということを、ある種の重苦しさとともに感じましたね。

宮地　一人の人のなかでもいくつかずれたものを生きていますよね。とまって、またちょっと動いて、またとまってというような部分と、ずっと流れ続けているような部分がその人のなかでいくつもあるだろうし。一方で、コミュニティの中でもものすごくずれがあると思います。ある人はどんどん進んでいって、別の人はとまっていたり。それは経済格差にもつながりますよね。それに復興で町全体がかさ上げしてるから、そういう意味でもいろいろな時間が層になっているというか。アーティストの小森はるかさんと瀬尾夏美さんによる、かさ上げした町のことを題材にした「二重のまち／交代地のうたを編む」（2021）という作品があるのですが、そこでは、立体交差的に時間がずれていました。

でも、外から見ると、一見普通に動いているように見えたりする。子どもは成長するのが目に見えるから、時間が普通に流れているように見える。逆に放射線による影響も、いったん甲状腺癌になると、時間とともに進行してしまうわけです。だから停滞とは違う別の形で、良くない意味で時間が進んでいってしまうというのもあるかな、と。すごく複雑ですね。

村上　そうですね。しかも、一番核のところに本当にとまった時間がきっとあるんですよね。そこは、時間的にも空間的にも空虚な場所になっているので。

「とまる」をどう考えるか

宮地　あともう一つ、人が死ぬってことは大きな「とまる」ということだと思うんですよね。亡くなった人にとっての死と、置いていかれた人たちにとっての死は分けて考えなければいけないですが。私は医療従事者なので、残される側・見送る側の話しかできないんですけど、やっぱり死というものは圧倒的なピリオド（終止符）です。その話も今日少しできるといいなと思っています。もう一つ思いついたのはフリーズするということで、本当に恐怖におかれたときに体が動かなくなってしまうというような話です。

村上　僕は、「とまる」ということを考えると、宮地さんとかなり違ったイメージをもっています。一つは閉じ込められることによる停止というもので、具体的には捕虜としてのレヴィナスであったり、カフカの『変身』みたいに主人公の男が巨大な虫になって閉じ込められてしまう場面、あるいは、僕が今調査しているのですが、ヤングケアラーで家に閉じ込められている子たちがいる、というようなものです。

もう一つは衰弱の問題。死の手前の衰弱でとまっている、というようなことです。正岡子規だったり、夏目漱石だったり、プルーストなんかもそうですが、病気で臥せっている時に文学作品を作っている人たちのことが思い浮かびます。

ですが、もともと、僕にとってとまることはそんなに悪いイメージではなくて、ポジティブなイメージなんです。抵抗のためにとまる人っていますよね。僕は哲学をやっているので、例えば、抵抗のために死を選んだソクラテスが思いだされるのですが。制度とか規範の流れの外に出ようとする動きがある、特に今は新自由主義的なかたちの競争から外に出ようとする動きも強いと思うんです。それもとまるの一つの形態で、抵抗として僕らはとまろうとしているのかなと。これが三つ目のとまるです。

最後にもう一つ。これが僕にとって一番自然なんですけど、ものを考え始めるとか、自分が生きていくことの出発点自体がとまっている状態だと思うんです。つまり、動くための出発点としてのとまるがある。思考の出発点、あるいは生そのものの出発点として、一旦とまらないと生きられないのではないかという感覚がちょっとあります。例えば、緒方正人さんの『チッソは私であった』（河出文庫）を読んでそんなことを思いました。緒方さんは、水俣病による父親の死に直面し、患者認定申請・補償訴訟運動に身を投じますが、途中でチッソと裁判しているところから降りるんです。原告から降りるんですよね。そして、また水俣に戻り、漁師に戻る。そのときに彼は、「自分はチッソと同じである」というような悟りを開きます。つまり世界を動かしているシステムから一旦降りて、自分の生命を回復するために水俣に戻り、魚をもう一度とり始める。それってとまることだし、そういう形で彼は生きようとしたんだなって思うんですよね（この対談のあとに水俣を訪れて、現在も裁判を続けている胎児性水俣病患者のみなさんにお会いするとともに、緒方さんへの批判的な意見を聞くことで単純ではない現実を学んだ）。感覚的にはそれは、わかる。僕自身は自然に全然触れてない人間なんですけど、僕の中では、思考を始めるとか、生きることを始めるっていうのは、ウィニコットが「形のないこと（formlessness）から始まる」と言ったことと連続しているな、と思いました。そうなると、例えば、文学だったり絵画などの中の静かな作品は、ある種とまった状態からもう一回動きだす、その境目を書こうとしているのかな、というようなことを考えていました。

宮地　面白いですね。確かにスティル・ライフ、静物画ってそうですよね。スチール写真も。

村上　そうなんですよ。とまって凝固することによって始まるというか。例えば静物画、室内画、風景画だったりは、一旦とまることによって空間そのものを作り出しているのかな、と思うんですよね。空間を作り出すためには、おそらくとまらないといけない。フェルメールはカメラ・オブスキュラを使ってたようなので、本当に光を凝固させてるんだと思うんですけど。そういうとまったところから何かクリエイティブなものが始まるという感覚があり、その方が僕には日常的にしっくりくる感覚なんですよね。

宮地　うーん。本当にとまっているのかっていうのは、ちょっと考えなければいけないのかもしれないね。「時よとまれ、君は美しい」というような写真もあったりするじゃないですか。それって瞬間を写真に閉じ込めているからとまっているけど、実際にはとまらないからこそ、その瞬間を凝固させて見せようとしているわけですよね。今の話も思考の出発点だったり、動くための出発点なんだけど、それは本当にとまってるのかなって。つまり、頭の中はものすごく回転しているわけですよね。

村上　いや、いったんは頭の中も空っぽにするのだと思います。

とまっている人のなかでは何か起きているのか

宮地　村上さんの言っていることを否定する意味じゃなくて、外から見ると何にも動いていないように見えるんだけど、中ではものすごくいろんなことが準備されていたりするわけですよね。クレイドル（cradle ゆりかご）の中で眠っている赤ん坊や、樽の中で発酵されつつあるワイン。個体発生においてて細胞分裂する直前の静かな状態とか。外から見るととまっているように見えるものの中にものすごく大事なことがあるんだ、ということは感じますけど、そういう話とは違う？

村上 うーん。宮地さんがおっしゃったのもそうだなと思うんですけど、でも、僕は、本当にとまったところから出発することってあるんじゃないかと思うんですよね。思考そのものも、一旦ゼロにとめて、そこから開始するっていう。

宮地 それは、リセットするとか、いっぺんシャットダウンするとか、そういうのとも違う？

村上 うーん、ある意味そうかもしれないです。例えば、今日の対談収録のことを考えた時に一旦僕は何もないところから始めようとしていて。「はて、どうしよう」ってところから始まるんですよね。そういう時に、しばらく頭が真っ白で何も動いていない状態というのが挟まっているように思うんです。頭が真っ白になる状態をうまく味わえたときに、次に何かアイディアが浮かんでくる。

宮地 うん。私もこの本にかんする打ち合わせのメモや自分の思いついたことを一つのファイルにまとめておいて事前にパラパラ見直すんだけど、それは置いておいて、対談の本番ではまっさらで、メモもあえてカバンの中にしまったままにします。でもそれってとまることなのかな？　って。もう一回改めて言うと。

村上　もう一つ具体的な例で、僕はインタビューをたくさん取る。おそらく「今、何も頭に浮かんでないだろうな、この人」っていう瞬間があるんですよね。でもその相手の話がとまる瞬間ってすごく大事で、一旦詰まっちゃって何も語れなくなっちゃった状態の次に出てくる話って大事なことが多いんです。

宮地　うーん、そうですよね。じゃあそれは準備でさえもなくて、ある意味本当に空白なんですね。沈黙そのものを大切にして、空白の時間ができてもとにかく焦らないで置いておくっていうのはとっても大切だと思うし、臨床場面でもそうです。
　沈黙というか、思考停止というか。脳活動でいうと、default brain network というんですけど、安静時で何も考えていないはずの時に、自己を司るような部位が活性化しているっていう話もあるけど。外から見るととまっているのですが、とまってはいないんですよね。本当はね。

村上　でも僕は本当にとまるんじゃないかと思ってるんですよね。

宮地　そっか。その方が面白いかもしれないですね。

あと、何もしないということもありますよね。「レンタルなんもしない人」も話題になりましたが、あれも面白いな、と思うし。何もしないことの価値ってとても大事です。

村上 精神療法でいうと森田療法の臥褥《がじょく》というのもありますね。何も考えず一週間布団の中からでちゃいけない、寝てなさいっていう。強制的に布団にとどまることで、強迫観念にがんじがらめだった状態をリセットして、それから庭仕事のような作業を始めますね。

宮地 そっか、考えてもいけないのか。でも一週間何もしないって結構つらいですよね。何もしない方が、いろいろ考えてしまいそうですし。あと、一〇日間誰とも喋っちゃいけない、ヴィッパーサナ瞑想というのもありますね。

緊張・弛緩、可逆・不可逆

村上 あとは、とまり方で、立ってとまるのか座るのか、寝てるのか、でも違いますよね。

宮地 あと固まってとまっているのか、力が抜けてとまっているのか、でも大きな差がありますよね。一番極端なのがカタトニーの緊張病の人たちで、本当に固まったままとまっている。ものすごい筋力を本来なら使っているはずなんですが、その状態がずっと続く。

村上　まさにカタトニーの方々は、動きはとまっているけどご本人の中ではものすごい運動が起きてるんですよね、きっとね。

宮地　おそろしいほどのエネルギーが使われていますよね。静的緊張。収縮と伸張の両方に筋が動こうとしているけど拮抗したまま動かない。うーん、あとは、座ってとまるか、寝てとまるか、か。

村上　寝るでいうと蓮實重彦の『夏目漱石論』（講談社文芸文庫）は漱石の小説のほとんどは登場人物が横になっている場面から始まるっていう分析から始まっているんです。「吾輩は猫である」も「坊ちゃん」も「草枕」も全部そうです。

さっきの緊張と弛緩という分け方をすると、もしかすると宮地さんがイメージされていた静止は緊張の方なんですかね。一方で、僕がイメージしていた静止というのは弛緩、緩んでいるのかなと思ったんですけど。

宮地　どうでしょうね。危機的な状況でフリーズする場合は固まっているけど、それも時間が経つにつれて、力が抜けて倒れたり、気絶したりもあるから、両方あり得るんですよね。一方で、死については緊張でも弛緩でもなく、ただただとまるというか。もちろん死後硬直はあるけど、それは別にどうでもいい話であって。生物学的にあらゆる機能がとまる、心臓の鼓動がとまり、応答がなくなるわけです。応答がなくなるってことはとても大きいことだし、不可逆的な話ですよね。だからとまるも可逆的なものと不可逆的なものがあって、それは結構大きなポイントかなと思います。

村上　確かにそうですね。僕が考えていたのは、可逆というか、そこから動きが始まるものです。

宮地　そうですね。私はわりと不可逆のものを考えてた。どっかで悲観的なものの見方が染み付いているんですかね（笑）。とまっていたものが動くのか、動いていたものがとまってしまうのか。

踏みとどまる

宮地　もう一つ。行きすぎない、踏みとどまるということも大事だなと思っていたんですよ。例えば衝動や、暴力的なものが発動しそうな時にどこかの時点で踏みとどまるというのも、とまるのうちの一つの重要な要素ですよね。振り上げた手を誰かがとめてくれて「やめろ」って言ってくれたから加害者にならないですんだとか、そういうのもあるなと思っていて。

たぶん、村上さんがフィールドワークをしている大阪の西成なんかでもそうだと思うんだけど、人間関係の中でいろいろな葛藤があって周りに対して暴力的になったり攻撃的になっちゃいそうな人っているでしょ？　その人たちがどう踏みとどまるか、どう踏みとどまらせるか、というのはとても重要なポイントです。暴力の再燃や連鎖が起きないようにする。連鎖反応を止める。だいたい物事がどんどん悪いほうに向かっていくときって、とまる機能が働かないからどんどんこじれていったり、悪いタイミングでまた悪いことがおきたりする。原発事故なんかにも連想をつなげると、核反応の連鎖をとめるといった意味でのとめるも非常に重要だと思ったりします。

村上　トラウマ的な出来事に付随してとまってしまうという話があって、僕が動くための出発点としてのとまっている状態があるという話をして、宮地さんが今暴走をとめるという力があるというお話をされて。「あいだ」と言っていいのでしょうか、第三項がでましたね。

さっき僕、抵抗するためにとまるとか裁判から降りるって話をしたんですけど、つながりがありますよね。動き自体をとめるのと動きから逃げてとまるのと。

宮地　そうですね、おりるっていうのもありますね。おりるととまる、一緒でいいのかな？

そういえば『チッソは私であった』は私も読んで、すごく衝撃を受けたと同時に、でもみんながこれをやっちゃうとまずいよなって思ったりもしました。被害を受けた本人が言うから許されるけど、外部の人がそれを称揚していいのか、とも。とくに知識人層にうけるというか。怒りを乗り越えて赦しに向かったり、文明論的になるほうが良いとされてしまうような……。などということを考えて、うまく消化ができない心地でいます。

ところで、本当に何もなくてとまるときもあれば、選択肢があってどの可能性にも行きうるからこそとまる時もありますよね。選択に迷ったり、どっちを選ぶかアンビバレントであったり、矛盾する二つの指示を受けているようなダブルバインドな状況に置かれていたり、そういう状態でも外から見るととまってますよね。

さっき村上さんのおっしゃった閉じ込められているというのもそれはそれで別の話ですよね。閉じ込められてるから、爆発のエネルギーになるわけで。

村上　爆発は悲劇的な結果になることもあれば解放になることもある。昔多かった家庭内暴力もそうですし、僕が今調査をしていることに関連させると、母親にすごく束縛されて家から出られなくなってしまっているヤングケアラーの方も挙げられます。どこかで爆発して、爆発できた人は回復して、その後の人生が回り出しますけど、それができないと大変なことになってしまいますよね。つまり、本人は力があるのに、閉じ込められています。

うーん、とめ方の能動性、受動性、あるいは中動態っていうのはありそうですね。さっきの、とどめておくっていうのは能動的にとどめる、押しとどめるとか、踏みとどまるという仕方でとめるわけですよね。一方で、外から誰かがとめる、あるいはとめられるのは自分ですよね。

宮地　本人が最後の最後に踏みとどまるというのもありますよね。

村上　それは、やっぱり能動的ですよね。昔虐待の母親のグループワークを調査していたときも、怒りがこみ上げてきたときに距離を取って一息置くワークをしていました。これも暴発を踏みとどまる練習です。だけど、トラウマの外傷の結果、とまるっていうのは本当にそこで何かがおのずととまる。

宮地　そうですね。足がすくむとか、腰がひけるとか？　とまろうと思ってとまっているというわけではないでしょうね。

村上　そうですね。とまるということで僕が考えていたのは、健康な場面にしてもトラウマにしてもどちらかというと自ずとそうなってとまる、というほうでした。

とまれない

宮地　なんか、例えば急いでいる時にちゃんと立ちどまって、スマホの経路案内で早いルートを調べたほうが最終的には早く着くはずなんだけど、立ちどまってこれをやっている間に電車を逃すんじゃないかと思って焦って、そのまま行っちゃうとかないですか。結局時間がかかっちゃうかもしれないけど、いっぺん立ちどまって地図を見たり経路案内をチェックすること自体がじれったくなっちゃう。話がずれているかもしれないですけど。あんまりない？（笑）

村上　それはよくあります（笑）。でも今のお話、どこでとまったのかなと思って……。とまれなかった？

宮地　うん。とまれないことってありますね。臨床なんてとまれないことのほうが多いかもしれないですね。精神科は少し違うかもしれないけど、外科や救急だと。とまることに恐怖を感じたり、イライラする人も多いだろうし。

村上　治療をどこでやめるかとかも大きいですね。終末期の医療では大きな問題になる。

宮地　それ、今私考えてなかった。途中で時間をロスしないというような意味での「とまれない」を考えていたので。でも治療をやめるって話はすごく大きいですよね。どこであきらめをつけるかとか。不妊治療なんかも。

村上　不妊治療もそうですね。一応補助が出るのは四二歳までって決められていて、その年齢に達してとまるって感じなんですかね。そういった場合は、外から強制力がないととめにくいのかもしれません。でも、とまれないことのほうが日常においては多そうですよね。

宮地　そうですね。期限があってとまったり、他のことに気持ちが移って自然にとまったり、自然消滅したりといったことはあるかもしれないけど。「きえる」と「とまる」もまた違うのかもしれない……。

村上　そういう意味では、普段は何かに急き立てられていて、立ちどまれないことのほうが多いし、衝動的に誰かを殴っちゃったりしそうにもなるし、ずっと競争していなければいけないし、どこかでとまれるかとまれないかっていう……。

宮地　ただ、生命そのものは常に動き続けていないと生命じゃないでしょ？

村上　だけど、動かされすぎているとしんどいですよね。しかも、僕らを動かしているもの、急き立てるものが生命的なものというよりは社会だったり、新自由主義的なものですよね。不妊症自体は生命と関わるけれど、社会的な事情に急き立てられている感じがする。そういうものに抗ってとまるときには、とまる側に生命がありそうな気がします。さきほどの立ちどまって電車の経路確認するにしても何かに急き立てられてしまっているというか。

宮地　ドライブがかかるとかね。ドリブン（ドライブの受動態）って英語で言いますけど、何かに急き立てられている感じがありますね。

村上　僕、今フロイトを思い出していて、とまるって「死の欲動」ですよね。動くTriebととまるTrieb。でもちがうか、生命が維持できなくなるような暴走に向けて急き立てられる力としての死の欲動があって、それが社会のなかに外注されると、とまることができない急き立てになる。

反出生主義の環状島

宮地 たまたまだけど最近、反出生主義にかんする書籍を読みました（森岡正博『生まれてこないほうが良かったのか？』筑摩選書）。気になりつつも避け続けていたんですけどね。

村上 僕はまだ読めていないんですけど、反出生主義を主張をする人たちご自身の傷つきってすごくあるのではないかと思うんですけど、どうなんでしょうか。

宮地 そこはどうなんでしょうね。生育歴をたどったら何かしら抱えていることがなくはないように思うのですが、本当にそれが根深かったら、「生まれてこなければよかった」といった主張さえしないような気がします。

そういう意味では反出生主義の環状島ができるんじゃないかと思っていたんですよね。反出生主義について議論する人たちは尾根にいて……。

村上 そんなに傷が深刻じゃないんですね。

宮地 うーん、深刻かもしれないけど、まさにプラスの生の欲動、言語化の欲望みたいなものはあるわけですよね。
反出生主義の議論の成り立ちがどうなっているのか、論理・倫理・心理・生理の四つに分けて整理しながら読んでいたんです。ある意味では論理的に議論しようって言っているけど、でも根深いところではその人の倫理的価値観があって、さらに、その人の傷つきも含め、感情的なものや心理的なものがあるだろうし、さらに、生きること、性的なこと、生々しいことに対しての生理的な嫌悪感みたいなものがどこか根底にあるのかな、と。
森岡正博さんの『生まれてこないほうが良かったのか?』の議論の中でも論理的な整理をしようとしているんだけど、根深いところにその人の人間観とか価値観とか感情とかその先の生理的な嫌悪感が入っているように思えて、この轍から抜けるために環状島で考えてみようと思ったんですよね。

村上 面白いですね、反出生主義の環状島って。生まれようとしないって、とまるというよりもともと動こうとしないことなんですね。

宮地 反出生主義の人たちはすべてが動かないでいる方がいいというのが基本ですよね。しかし先ほど生命というのは常に動いているという話をして。

村上 本物の死なのでしょうか。現在議論されている反出生主義は。

宮地　本物の死というか「無」ですよね。何もない、何も起きないことがいいというような。でも「無」をあれだけ声高に言うということの根本的な矛盾がどうしても気になってしまう。生き生きと主張してますよね。それって生命があるからだよねって思っちゃう。だけど「無」を願うということは仏教などいろいろな宗教であるし、とにかく何もない静寂な状況が欲しくなるという気持ちもわかります。

ただ、反出生主義が一般の読者に広く関心を持たれているのは、今の時代のつらさを表しているのかなとも思いますし、「生まれてこなければよかった」と思う人がいるのは確かだし、そういう人に応えるために議論をするのはわかるんですけど、何か違和感があります。

村上　「生まれてこなければよかった」とおっしゃる方を、宮地さんはたくさんご覧になってきていると思いますし、僕もそうおっしゃる方を見てきましたけど、反出生主義は傷に触れずに論理的に展開していくというか。そこに気持ち悪さがあるのではないかと感じました。傷の話だったらまだわかるんですけど。

宮地　ケアに多少でも関わる場合、生きていることにかんしてはまずは全肯定から始めないとどうしようもないみたいなところもありますし。

村上　森岡先生は反出生主義には反対なんですよね。

宮地　そう、反対。だからこそきちんと応えなきゃって考えているのだと思います。一方で、「自分が生まれてきてしまったことの取り返しのつかなさ」というようなことも書いていて、その「取り返しのつかなさ」という感覚がある意味すごいな、と思ってしまいました。原罪意識的でもありますよね。それは論理を超えたもので、倫理をも超えて、心理や生理のレベルと関わってきます。

たまたま最近、橋迫瑞穂さんの『妊娠・出産をめぐるスピリチュアリティ』（集英社新書）も読んだんです。妊娠・出産はまさに生命が生まれるところだから、ある意味反出生主義の抽象的な議論が一番遠ざけたい現象、現場ですよね。そのなかでオウム真理教の話が出てきたのですが、子どもを産んでも母親が母親として子どもを育てない。実の母親が子どもを育てるということ自体を新新宗教では拒否しているという議論がありました。宗教の中で、妊娠や出産や育児、母性をどう取り扱うかということは非常に大きなことだし、それはナショナリズムや家族主義ともつながりうる。でも女性自身が救済されたいと思う時に、母親の役割から離脱したい人もたくさんいて、そういう人たちをすくい上げる新新宗教もあるみたいな。無理矢理説明してますけど（笑）。そこはたぶんケアの問題とも、ジェンダーの問題ともつながると思うんですよね。

アクターネットワーク理論

宮地　話をもとに戻して、反出生主義に対して私たちが抱いている気持ち悪さそのものをきちんと言語化した方が良いのではないかとも思っています。でも哲学では論理でとにかく斬ろうとする、というのも多いし、誰かが極論を出すことによって論理を活性化させるみたいな伝統がありますね。まあ、一部なんでしょうけど。

ベルクソンは逆なんでしょ？　これまではまったく逆の考えをもつ人たちが賞揚されたのでしょうか？

村上　うーん。交代交代なのかもしれません。確かにここ二〇年くらいはすごく唯物論的です。反出生主義だけではなく、新実在論も含めて、生命ではなくモノに偏ろうとしているところがあります。例えば人類学の潮流の一つであるアクターネットワーク理論（Actor-network-theory）でも人とモノを区別しない。人をモノのように扱うというトレンドがあるんだと思うんですよね。そのなかで、唯物論的な思想が批判の対象にしているのがベルクソンであったり、サルトルのような実存主義だと思うんですけど。

宮地　まあ、アクターネットワーク理論の面白さって、動かないモノそのものがあることによって周りがものすごく動いているっていうことですよね。「とまる」にあえて引きつけると、とまって何もしていないはずの、生命でさえもないモノが、実は大きくいろいろなことを変えている、という。

村上　逆に「とまる」というテーマは反出生主義、あるいは唯物論的な立場からは出てこない問いの立て方なんですかね。アクターネットワーク理論とは異なって、僕らにとっては身体とか生命がとまるんですよね。モノがとまるわけではないから。

宮地　身体や生命を抜きに考えるべきではないのではないかということが私たちの前提にあるんだと思うけど、だからこそあえて極論に時々耳を傾けてみるのも必要なのかもしれませんね。でも、村上さんが反出生主義のような哲学の議論から距離を置き続けられていられるのが面白いなぁと。

村上　大きいのは、ある種唯物論的な空気が僕の周りに充満しているからなのかもしれません。僕は出自が現象学なので、もともと人間中心主義なのですが。なので、僕自身は唯物論とは自分が違うという立場を選択的にし続けている感じがします。

デカルトは独我論的なのか

宮地　「自分が死んだら世界はない」というような哲学の議論があるじゃないですか。でも臨床をやっていると、誰かが死んでも必ず世界はあるということを、ものすごく強烈にずっと経験している。だからもう自分中心に物事を考えるのはやめてくださいって言いたくなるんですよね。もう少し関係論的に考えて欲しいなって思うんですけど。どうなんでしょうか。

村上　うーん、どうなんでしょうか。今はそんなに独我論的なものってありますかね？　永井均さんくらいでしょうか？ 最近メジャーな人新世や実在論は人がいなくても世界が残っているということを起点にしていると思うので、むしろ真逆の発想なのかな、と。でもそういう考えを持っている人はいますよね。レポートの中にそういうことを書く学生もいますから、素朴にそういうふうに感じているんだなと思います。

宮地 デカルトとかは？

村上 デカルトはそんなことないんじゃないかと僕は思うんですよね。むしろ逆に世界の圧倒的なリアリティを説明するためのロジックを組み立てたかったんだろうなと感じます。そのために、ややこしい独我論的な回路を使ってみたと言えるのではないでしょうか。

宮地 もう少し詳しく言うと……？

村上 デカルトは『省察』（ちくま学芸文庫）で「私は今夢を見ているのかもしれない」「私は今狂っているのかもしれない」と言って自分の思考の確かさを疑っていき、「もしかしたら神様から騙されていて本当は「2＋2＝5」なのに「2＋2＝4」だと思い込まされているのかもしれない」とするわけです。そのように、欺く神というのが出てくるのですが、仮にそうだったとしても「我思うゆえに我あり」、原文では「私はいる、私は実在する（ego sum, ego existo）」という事実は残るとする。

ある意味で独我論的な明証性にたどり着くんですよね。考える私の存在を確認したあと、第二省察の冒頭でデカルトは、「欺く神によってもし私が欺かれているとすると私は深淵（profondis）に陥っていることになる」と言うんです。なので実はデカルトが独我論的な自我にたどり着いた時、その底に覗き込んだ深淵というのがあるんだと思うんです。それが何なのかは語られないのですが。

つまり、まず第一に深淵という何か絶対的な外部が重みとしてあって、深淵に直面したなかでなお「我思うゆえに我あり」という私の存在が保証されたあとで、「でも待てよ、そうは言っても世界はあるし、私の中に神という概念はあるんだから」と言って神の存在証明が三つ入ってくるわけです。その証明のうちの一つで、絶対的な実在というものが実はあるということを証明することから神と外部世界を確認する。「絶対的な実在あるいは形式的な実在（realitas formalis）」と彼は言いますけど、それの最上級が神なんだという形で神という審級を保証した上で、だから世界という実在もあるというロジックになるんですよね。

だから彼が確保したかったのは自己の確実性だけでなく世界のレアリタス（実在）もだったのです。そのレアリタス（実在）というものを保証する審級として神様というのをデカルトのロジックの場合は必要としている。つまりデカルトの中には最初に覗き込んで深淵というよくわからない外部のように見えるものと、神様によって保証されているレアリタスという世界の外部性の二つの外部がある な、と。ただ僕はデカルト研究者ではないので、間違いもあると思いますし、もちろんデカルトについては膨大な議論があるのですけど。

宮地　デカルトは死について語ってないの？　死んだらどうなるとか？

村上　パッと思い出せないのですが、夢については語っているけど、死については語っていないのではないでしょうか。

死が西洋哲学の問題になり始めるのはヘーゲル（1770-1831）以降かもしれません。要するにキリスト教徒にとっては魂の「不死」が前提とされるので、キリスト教を信じている限り理論上は死というものはないと思うんです。もちろんペストの流行をはじめとして現世では死が遍在していたので、対照的に美術ではメメント・モリ（死を忘れるな）と強調されるのですが。カントにも魂の「不死」という形で死が出てきますけど、あくまで「不死」であって死が論じられるわけではないです。

そういえば死が導入されたことで、ヘーゲル以降の西欧哲学はダイナミックになりますね。変化が大きなテーマとなっていく。これもとまることと関係がありそう。変化がないととまることもできないし、このことは死を考慮するのかどうかと関係するのかもしれないです。

見送る側にとっての「死」

宮地　最初の方に話を戻すと、見送る側にとっての「死」というのは、それが悲劇的なものだったり、グロテスクなものだったりするとトラウマになってしまうけど、そうでない場合は、喪失・悲嘆反応になります。単純に分けるとトラウマは、避けて通りたいもの、触れたくないものだけど、悲嘆の場合は、常にそこにある喪失、「死」に引きつけられる、というような区別ができます。トラウマと喪失・悲嘆って似ているところもあるんだけど、それを避けるかそこに引きつけられるか、という意味では逆なんです。斥力が働くのがトラウマ、引力が働くのが喪失・悲嘆。あるいは複雑性悲嘆とかだと、両方が重なってごちゃごちゃになっちゃう。そのごちゃごちゃになっちゃうこと自体が問題なんだけど。斥力と引力が両方働いて、身動き取れなくなっちゃう。さきほどのカタトニーの話と似てますね。

村上 引きつけられる「死」もとまるってことなんですかね。

宮地 そうですよね。単純な言い方だけど、生きている限り動き続けなきゃいけない、でもその死んだ人はそこで一応終わっている。

冒頭の釘付けの話とつながると思うんですけどね。周りからは、「そろそろそこから解き放たれなさい」「その人（死者）を自由にしてあげなさい」とか、英語で言うとlet him/her goとか、そういう言葉をかけることがあると思います。でもそう言われること自体が遺族にとってはすごくつらいこともありますよね。

村上 そっか。引きつけられる悲嘆であると同時に、釘付けという意味では外傷的ですよね。

宮地　私のゼミで、自死遺族のことについて修論を書いた学生がいるんです。自助グループでフィールドワークとインタビューをやって、それで修論を書いたんですけどね（岩崎一麦「自死遺族におけるカミングアウトのプロセスと困難」一橋大学大学院社会学研究科、二〇二一年度、修士論文）。

修論では、「なんで止められなかったんだ」と遺族が周りから言われてしまうようなスティグマと、遺族自身「自分のせいだったんじゃないか」と思ってしまうというセルフスティグマにフォーカスがおかれていました。そして、環状島モデルを用いて、死者を幽霊のようにどこにでもいると位置づけていて、それは見守ってくれる、そばにいてくれるとも言えるし、取り憑いているとも言いうるというように、両義的な形で捉えていたのが興味深かったです。

村上　遺族は、沈み込んでいかないんですか？　環状島の内海に。

宮地　もちろん遺族によっては内海にいる時間も多いと思います。外に対して自死遺族であること自体を開示することが非常に難しいし、語れないことも多いし、カムアウトすると引かれたりもするし、なので内海が必要でもある、というような議論をしていました。内海にとどまっていてもいいじゃないかっていうことが主張の一つでもあるんですよね。

あと、遺族にとってどんな声掛けをされることが嫌かということも議論して整理しているんです。インタビューをしている中で、何を言われるのもとにかくつらいというような時期もあるし、本当にとにかく触らないでほしいという時期もある、と。なかなか印象深い修論でした。

村上　なるほど、だからとまっている人に対して声をかけるな、触れるなってことですよね。それは今までに出ていなかったテーマだなって。

宮地　『環状島へようこそ』（日本評論社）収録の森茂起先生との対談では、秘密や嘘をテーマに議論したんですけど、やっぱり人は表に出したくないものはたくさんあるし、出すと現実の社会生活が困難になるようなこともいっぱいあるので、そういう意味で内海があることの大切さを私自身も考えさせられました。声をあげたくても声をあげられない人が多いから、その人たちが声をあげられるようにと思って環状島モデルを作ったんですけど、でも内海があることでなんとか生き延びることができていたり、内海の中で安全を保っている人がいるというのは非常にそうだなって思って。「寝た子を起こすな」と周囲の人が言って、本人に語らせないための方便に使われると良くないけど、内海が安全地帯になり得るんだなとも思いました。

村上　おー、「安全地帯としての内海」というのは今までにないですよね。宮地さんのこれまでの本の中では。

宮地　そうですね。安全って言い切っちゃうと本当に安全かどうかはわかんないですけど、アジールとしてはあり得ると思います。

当事者性を生きる

宮地　あとはアウティング問題。当事者性の話を当事者主権とか、当事者中心とか、当事者研究といった視点から語るのは大事なんだけど、当事者性を大事にしすぎると「あなたは当事者なのかどうか」というのを問い詰めてしまうことにもなり得て、それ自体がカムアウトを強制することにもなり得ますよね。それも非常に問題だと思っていて、そういう意味でも内海の大事さっていうのはあると思ってますね。

村上　さっきの自死遺族の「触れないでほしい」という場面とカミングアウトしないでおく権利というのは、またちょっと違うことでもありますよね。あと、そもそも当事者性ではないところで生活はなされていくので。

宮地　うーん。その人の中で、ただ触れてほしくないような状況の時もあるし、ある程度論理的に考えて私はカムアウトしませんって決めるのもありで。そういう意味で分けてもいいかもしれないけど、分けられないことも多いんじゃないのかな。でも当事者性を抜きに生活をしていくって面白いですね。私は逆に、生活の中で当事者性を感じさせられることが多いと思っていたけど、でも本当につらいことに関しては、当事者性をちょっと棚に上げて生活しているのか。

村上　そういう場面も多いですよね。だって、ずっと自死遺族として生活しているわけではないですよね。それに触れられてしまったら生活が成り立たなくなってしまうことだってあると思うし。

宮地　うん。買い物に行ってね、「あなたは自死遺族ですか？　そうではないですか？」なんて聞かれなくていいことだしね。

村上　そうすると「とまる」という言葉をめぐる印象が最初とはちょっと違う姿に見えてきましたよね。行きどまりとしてのとまるという意味で話をしていましたけど、そういう仕方でとまっておく権利だったり、必要だったりがあって、釘付けにされちゃっているんだけど、そこに積極的な意味があるというか。

宮地　とにかく痛くてしょうがないから触らないでとか、本当にまだ生々しいからそうっとしておいてとか、そういうのもあるし、社会からの差別を避けるためにあえて言わないっていうのもありますよね。ただ、単に言わないですんだらいいけど、嘘をつかなきゃいけないとなると大変ですよね。生活においては、家族状況を説明しないといけない用件のときもあるから、難しい。

エージェントとしての遺品

宮地 ところで、本はいつでも読めるから、ある意味本は時間をとめられていて、そこに私たちは時間的制約から解放されてアクセスできるってことなんですかね。とまっているというか、跳躍できる?

村上 確かに跳躍できますね。日常の流れの時間とは違った次元だったり、その本が持っている可能世界の時間みたいなものもありますよね。

宮地 そうですよね。本はそうだし、遺品なんかも。モノでしかないんだけど、時間を跳躍する重要なアイテムにはなりますよね。

村上 それは亡くなった人の生の時間に跳躍するっていうことになるんですかね?

宮地 その人の生の時間とか、その人と紡いでいた関係性とか。モノ大事なんですね、アクターネットワーク理論を否定的にみていたけどやっぱり(笑)。

村上　でもきっとアクターネットワーク理論ではこういう議論の仕方はしないですよね。とはいえアクターネットワーク理論を読み替えることはできるかもしれないです。例えば遺品が自分と亡くなった人との関係の時間を司るエージェントになるわけですよね。だからもっと、平面的なネットワークでつながっているというよりかは、過去の時間が侵入してくるという意味で何か垂直なものがあります。だから、病院やラボの道具と人がネットワークでつながっていてどうやって作動しているのかということではなくて、そのネットワークの中に時間軸のネットワークが侵入してくる経験じゃないかと思うんですよね。

宮地　そうですね。アクターネットワーク理論で遺品研究があったら面白いですよね。遺品に限らず実験道具にしてもやっぱり思い入れがあるし、その実験道具を誰が手に入れてきたのかとか、師匠との関係の中でその実験道具がどんな役割を担ったのかとかそういうこともありますね。

失われた時を求めて

宮地　今日中心的には話さなかったけど、準備段階の「ため」みたいなもので、ダムって結構魅力的だと思いません？　ものすごい落差があるっていうある種の怖さ、そこにたまっているエネルギーのすごさみたいなもの。実際ダムに行ったら怖いじゃないですか。

村上　そうですね。エネルギーがたまっているし、形がまだないと思うんですよね。
さっきの遺品の議論と今の「ため」という話の交点が僕にとってはプルーストで、プルーストってずっと自分の部屋の中に喘息で閉じこもっていた人なんですよね。それで、あの長い小説を書いています。なのでまったく動かない状態で、ある種の旅の小説を書ききったわけですけど、あれは何を書いたのかというとある意味もう死んじゃった人たちの（生きている人もいるけど）遺品探しですよね。例えば、死んじゃった大好きだったおばあちゃんの思い出のマドレーヌを思い出すわけです。あるいは亡くなったアルベルティーヌの記憶が色褪せていく姿を確認する。つまり遺品のかけらをかき集めていって遺品が色褪せるっていうのを必死に確認する小説のように思います。だから生成するための停止なんだけど、その停止は同時に死者に杭を打たれていて、釘打ちされた過去の死者たちをかき集める作業になっていますよね。

宮地　ちょうどね、『失われた時を求めて』（岩波文庫）を読み終えたんです。コロナ禍の間、「時を失う研究会」っていう読書会をしていてね。月一回で一四ヶ月。だから今の話を聞いていて、そういう読み方もあるのかと思いました（西子智編『竹馬に乗って時を探す』リトルプレス）。

村上　僕もちょうど今読み直しているのですが、これがもしトラウマの話だったらすごいきついけど、日常的な記憶（少しトラウマティックなこともあるけど）として書いたことによって逆にもっと深刻な記憶の問題についても考えることができる本だなとも思いました。

宮地　そうですね。まあ、トラウマの本ではなくて、喪失・悲嘆……。悲嘆ってほどじゃないけど、喪失ではある。ただ喪失ではあっても、なにか取り戻している感じ。追憶。ノスタルジー？

村上　ノスタルジーですよね。だけど、本当に死んじゃった人も生きている人もみんな悲嘆されているというか、生きている人も姿形が変わっちゃうじゃないですか。例えば、シャルルスとかジルベルトも「見出されたとき」（『失われた時を求めて13』岩波文庫）では全然魅力的じゃなくなっちゃって。というように全部が色褪せていくっていう話なので。

宮地　色褪せるって言葉、面白いですね。物理的にもポスターを直射日光に当たるところに置いておくと本当に色褪せていきますし。でも全然とまってないですよね。

村上　うん、ずっと小説は動いていますよね。でもプルースト自身はとまっていますよね。だってずっと部屋の中にいて、部屋にコルクで目張りしてずっと外に出なかったんですから。

宮地　そっかぁ、最後はプルーストにきましたか。

第4回

「すぎる」

痕跡と生存

2022年3月11日(金)

三つの生き延び方

宮地　今回のテーマは「すぎる」ということですが、第1回の対談の時にレヴィナスと関連して「過ぎ越し」という言葉が予想外に出てきましたよね。私はその言葉について考えてきたことはなかったのですが、pass overという言葉はアメリカに住んでいた頃、出てくることはよくあって。第1回の対談を機に、「過ぎ越し」という言葉について調べたり読んだりしたんです。ユダヤ教的な「過ぎ越し」の意味から離れて、もっと自由に連想してみると、私の中で三つぐらいに分けられるなと思ったんです。

一つ目が、「やり過ごす」とか「凌ぐ」とか「耐える」とかして、なんとか生き延びるということで、とにかくなるべく事を荒立てずにその時間を生き延びるということです。関連すると、潜伏とか雌伏《しふく》といった言葉もありますね。

二つ目が、「お目こぼしにあう」とか、「見逃してもらう」とか、「免れる」といったこと。例えば、宿題をしてこなかった生徒がじっとしながら自分に当たらないように一生懸命祈って、怖い先生の授業を終えるような感じとか。難民や移民の人たちが国境を越えようとするときにも、厳しい警備隊がいるんだけど、すべての人が阻止されるわけじゃなくて、うまく見逃してもらえたりして生き延びる人も実際にはいる、といったようなことです。世の中が強迫的になると、例えば大学でも出席をものすごく厳しくとって、「何回休んだらアウト」とか、「診断書をもらってこないとダメ」とかそういった、見逃しがいけないような文化になりがちですが、説明できないような事情を抱えている学生もいるわけで。「まあいいじゃないか」っていう鷹揚さに救われる人はたくさんいる。見逃しやお目こぼしも文化の豊かさに関わるのかなと考えました。

最後の一つは、誰かを犠牲にすることによって自分が助かるということです。生き延びた人は他の人を犠牲にしているわけだからサバイバー・ギルトをもたらすんだけど、でもそうしないと生き延びさせてもらえない状況に置かれると、そうせざるを得ない。共同体が人身御供を選んだり生贄を捧げたりすることもありますね。スケープゴートとして選ばれてしまった人、生贄にさせられてしまう人からするととても耐えがたい話だし、弱者の集団の中でももっとも弱者が犠牲にされやすいから、一概にこういうのがあっていいよね、とは言い切れないけど。でも飢饉の時などに、そういう捧げものをする、ある人を生贄にするっていう文化や宗教儀礼もあるな、と。

私としては「すぎる」という言葉からこの三つを考えてみたのですが、いずれも、圧倒的な劣勢下で生き延びるということなんです。戦っても負けがわかっているような状況の中でどう生き延びるか、という話でもあります。別の選択肢として、戦って潔く死ぬというのもあって美化されがちなんだけど、その選択をしないとして。とりあえず私はこんな感じで。村上さんは？

ベンヤミン、ヘンリー・ジェイムズ

村上　以前レヴィナスの名前を出したのですが、今日のテーマではあと二人、ヴァルター・ベンヤミンとヘンリー・ジェイムズから考えられるのではないかと思ったんです。今、宮地さんがお話しされた文脈ではなくて、僕は全然別の文脈です。

まず、ベンヤミンは、サバイブしていくような意味での過ぎ越しとは逆で、なくなってしまうもの／過ぎ越せなかったものに対するまなざしがすごく強かった人だと思うんです。ベンヤミンにとって何が消えてしまうのかというと、「アウラ」が一番典型的なものですが、人の個別性だったんだと思うんです。個人であったり、(レヴィナス的に言うと）その人の「顔」がなくなっていってしまうプロセスが近代には含まれていますよね。そこで、なくなっていってしまう人たちをどうひろい上げるか、すくいだすかっていうのが最晩年のベンヤミンの試みだったように思うんです。遺稿の「歴史の概念について」(『ベンヤミン・コレクション1』ちくま学芸文庫所収）では、ファシズムの暴力と進歩主義のなかで忘却されていく死者を想い起こす営みを「救済」と呼んでいます。それは震災に限らず、宮地さんがずっと取り組まれてきた環状島モデルの議論もそうですけど、声を出すことができないままに亡くなっていったり、埋もれていってしまう人はたくさんいて、そういう過ぎ去りに対してどう考えるかということを僕は考えていました。

ベンヤミンは歴史という時間軸の視点からその問題を考えていたと思うんですけど、同時に空間としても考えていたと思います。『パサージュ論』（岩波文庫）の中で、パリの町中を歩く遊歩者が雑踏に紛れていき個別性がどんどん失われていく、非人称の中に入っていく、と述べています。しかもベンヤミンがもとにしていた一九世紀末の遊歩者というのは、金利生活者、金利で生活しているために社会（活動）に属していない人なんですよね。つまり、お金はたくさん持っていて街の中にはいるんだけど、社会から排除されていて、システムの中に入り込まない。だからもっと脆弱な人たちとして考えることができるだろうなと思うんです。というような意味で、過ぎ去っていくものを、遊歩者のように空間的に個別性がきえていってしまうものと、歴史に記述されない死者のように時間軸の中できえていってしまうものを考えていました。

あとは、ヘンリー・ジェイムズ。過ぎ去るというよりはすれ違うというニュアンスなのですが。ヘンリー・ジェイムズのある時期以降の作品は登場人物同士がかみ合っていないと思うんです。おそらく統合失調症的なんだと思うんですけど、かみ合わない会話が永遠と続くんです。「ねじの回転」（『ねじの回転 デイジー・ミラー』岩波文庫所収）は統合失調症の妄想そのものですし、もっとあとの時期の作品になると、妄想という形ではでてこないけど、他者がどこかからやってきているはずなんだけど出会えないとか、他者に見つめられているのにその他者がどこにいるのかわからないとか、あと自分自身と出会おうとして、自分の影を捕まえるために家の中じゅうをさまよい歩くとか、そういう小説があったりするんです。「ジャングルの獣」（未邦訳）は自分の人生の謎とは何かを考えていって、最後の場面でそれは自分自身だったということを発見するという作品です。これも自分とすれ違っていますよね。また、『大使たち』（岩波文庫）という長編小説も徹底して他者とのかみ合わなさを描いているんです。放蕩息子を探しに執事がロンドンからパリに出かけて行くんだけど、出会えないという話です。だから、すぎる、すれ違うっていうことが他者や自己をものすごく強く感じるということとイコールになって起きていて、だからなんだっていうわけではないのですが、これは僕にとって非常に面白い感覚です。つまり、他者とずれたり、自分自身ともずれてしまっているような状態としての過ぎ越すということがあるかな、と思っていました。

すみません、宮地さんとは全然違う文脈です（笑）。

宮地　全然違いますよね。まさにすれ違っているから面白いなぁと思って（笑）。

個別の仕方で生き延びる

村上　宮地さんの「やり過ごす」「見逃される」「生贄を捧げて逃れる」というポイントは最初の対談の時に僕がレヴィナスをイメージして話をしていた時の文脈で忠実に思考を続けていらっしゃるなって思うんです。

宮地　そうですね。私は対談の度に宿題を与えられたような感じで、第1回目の対談が終わったあとに、村上さんが書いている『レヴィナス』（河出ブックス）を読んでみたんです。そして、トラウマを抱えた人や生き延びられなかった人、亡くなった人を悼む人たちなど、いろいろな方と接する中で私が考えさせられた事と、つながるところがあったり整理できるところもあるな、と思ったんですよね。

特にサバイバー・ギルトっていう言葉は、説明に使われるとみんな分かった気になるんだけど、実は多義的なものですよね。サバイバー・ギルトを持っている人に対して、「あなたはそんなに罪悪感を持たなくていいんですよ」と声をかけたい時にどうやったらその人を説得できるのかを考えると、その人が置かれていた社会構造の中で、「誰かを犠牲にしないと生き延びられない状況にあなたはいたんだよね」ってことを伝えなければいけないことが多い。そういう状況に置かれた時に、人間は自己保存本能によって、みっともないことや醜いことをしてしまうわけで、でもそれは生きることにおいてある意味当然のことなので、そのことも伝えないといけない。生き延びたことへの罪悪感と、それを正当化する気持ちと、もっと深いところで「生きるってどういうことなの」ということをサバイバーは考えさせられる。だから過ぎ越す＝生き延びるということについて、先ほどの三つの分け方をしてみたんです。やり過ごして生き延びるか、お目こぼしにあって生き延びるか、他者を犠牲にして生き延びるか。他に、自分だけ助けられる少数者として選ばれるというようなこともありますね。

サバイバー・ギルトと別にスライバー・ギルトという言葉があって、それは「誰かを犠牲にしてスライブ（thrive 繁栄する・楽しんで生きる）をしてもいいんだろうか」っていう罪悪感のことなんです。例えば今日は東日本大震災から一一年ですが、震災を生き延びた人たちの中には「自分が幸せになっちゃいけない」とか「自分が楽しいことしちゃいけない」とか「こんなおいしいもの食べて喜んでいいんだろうか」というようなスライブすることへの抵抗感がありますよね。でもそれもまた生きることの一つなので、そういうことも過ぎるとか過ごすというテーマのもとで、今日考えたいなって、思ってたんですよね。

村上　なるほど。改めて今、宮地さんのお話を伺って、全部きっとレヴィナスが直面していたことなんだと思いました。「どうにかして生き延びる」ことは、彼自身の人生自体がそうだったと思うのですが、『全体性と無限』（講談社学術文庫）という著作の骨格がそうなっています。それに、「見逃されることで生き延びる」ということも、そこに逃げ込んだ過失致死を犯した人が免責される、そこに行きさえすれば生き延びられるというユダヤ教の伝承（『民数記』35:14-15）を議論している「逃れの町」（『タルムード四講話』人文書院所収）というテキストがありますし、彼の議論全体が犠牲のもとに生き延びるっていうニュアンスを持っています。だから宮地さんがずっとサバイバーの方と直面されてきて、レヴィナス自身がその一人だったんだ、ということを改めて思いました。

その上で、サバイバーの多義性ということを考えると、さっき僕が話したベンヤミンに関わってくるのかな、と思います。つまり、彼自身がナチスドイツをサバイブできずに自死に追いこまれたわけですが、思想として彼が試みていたことは、一人ひとり全然違う個別的な状況、個別的な出来事の中で生き延びたり亡くなったりしている個別性をどうやってすくい取ることができるのか、ということです。なぜかというと、生き延びること一般であったり、犠牲一般っていうのはおそらくありえないですよね。そのために個別の全然違った出来事のあり方、現れ方の中でしか考えることができない。だからベンヤミン自身も物語だったり写真のアウラだったり商店街のアーケード（パサージュ）の商品だったりと、いろいろな雑多な通路から個別者の救済を考えようとしています。なので、宮地さんがおっしゃった多義性というのはすごく重要な問題だなって思いました。括りにくさ、ですよね。

例えば震災の問題にしても、今日の対談の前に「東北の風景をきくFIELD RECORDING」（アーツカウンシル東京）という冊子を宮地さんにいただきましたが、こういった震災後の東北を伝えていくような活動はたくさんありますよね。でもみなさんわりと孤立していて、それぞれの人たちが固有の文脈の中で生き延びようと努力しているんだと思うんです。ある方はアートをされているし、ある方は哲学カフェをしている、といったように。「福島」「津波」と一括りの言葉で言ってしまうのだけれど、一人ひとりはまったく違う仕方の経験をしていて、統合し得ないと思うんです。

宮地　そうですよね。東日本大震災だけでもプロジェクトがたくさんありますよね。あれだけの大規模な災害だったから、それぞれの町のプロジェクトがあり、それぞれの町の中でもいろんなグループがあります。逆に小さいグループじゃないとできないようなことがたくさんあって、大きなグループで一緒にいると喋れなくなっちゃうことがすごくたくさんあると思うんですよね。「自分よりもっと大変な人がいるからこんな話しちゃいけない」ということもあるし、利害関係が対立するようなこともあるし、さっき孤立と村上さんがおっしゃっていましたけど、必ずしも孤立が悪い意味だけじゃなくて、個別になっているからこそ話せる、小グループだからこそ話せる、っていうことも多いんだろうなって。

村上　うんうん。そうですよね。それを大事にしないといけないってことですよね。

宮地　そうですね。手記とか本が出た時にそれを集めて一緒にしましょう、というのもあって、もちろんまとめて語っていくのも大事なんだけど、最大公約数的に統合されないからこそ出せる声っていうのもたくさんあります。

村上　うん。まったくそうです。そういう個別の小さい仕方でないと生き延びることってできないですよね。東北の方たちは必ず家族や友達の中に犠牲者がいて、その犠牲のもとで生き延びているっていう感覚があって、日々いろいろなことを考えながらやり過ごしているわけですよね。

当事者と代弁

宮地　そういえば、山内明美さんと話していた時に「私たち、なんか胡散臭いよね」みたいな言い方をしていたんです。山内さん自身も胡散臭いと思うことがあるようですし、私も自分のことを胡散臭いって思ったりするんですよね。極限を生き延びた人と比較すると、自分なんてたいしたことないとか、綺麗事だけ言っているような気がするとか、そういった感覚があるんです。人の生死にかかわる極限的な話をしつつ、でも別の場所ではすごくたわいもない馬鹿みたいな話をするわけですよね。その間を行き来すること自体もなんか胡散臭いよなぁと思っていて。それでもやっぱり対外的には、極限状況にある人たちの代弁をしなきゃいけないから発言するんですけど。でも胡散臭くないと生き延びられないし、いつもいつも顰《しか》めっ面をして本当に死にそうな状況にある人たちのことを考えているわけにもいかないし、ということを今聞きながら思いました。

村上　『現代思想』特集＝東日本大震災10年（二〇二一年三月号）の山内さんとの対談の中でもおっしゃっていましたね。胡散臭いという言葉ではなかったのですが「自分は当事者じゃないけど、当事者として語らなければいけない」とおっしゃっていました。

宮地　当事者という言葉自体の難しさもきっとあって、誰が当事者で誰がそうじゃないのかというのは、どのように当事者であるのか、どの程度当事者であるのか、っていうことを突き詰めてしまう。紛れもなく山内さんは私たちから見ると当事者なんだけど、でもやっぱり地域の人たちからすると、亡くなった人の家族とか、自分自身が津波にあった人じゃないと当事者じゃないと思ってしまうというのはありますよね。前回の対談とも少し話が被りますが、当事者かどうかっていうことが、研究において問われることが最近結構あるけど、それを突き詰めていくと、カムアウトを強制することになったり、下手をするとアウティングになっちゃうし。そこは気をつけなきゃいけないなって思います。

村上　そうですね。当事者性やアウティングの問題と生き延びることとって、考えるのが難しいですよね。要するに当事者と名乗らないことによって生き延びている人たちはたくさんいますよね（井上瞳「語ることと語り出すこと――性暴力とトラウマケアをめぐるアイデンティティに関する考察」『ジェンダー研究』第25号）。

宮地　そうそう、まさに。私も環状島を作った時には内海がなるべく小さくなった方がいいって思っていたけど、でも内海があることによって生き延びられる人たちがたくさんいるってことに気づきました。もちろん当事者主権や当事者運動、当事者研究が出てきた時点では、当事者性というのはものすごく新しいことで、それまで無視されてきたり、声を出せないできた当事者の人たちが自分の体験を語ることによって見えてくる世界が非常にたくさんあるということが明らかになってきました。それでも、逆に当事者を軸に語っていくと、いつも自分探しをさせられ、周りからも問われ、「お前は何者か」と外から問われ、カテゴリー化されることにもつながります。

村上　そうですよね。まして暴力被害者の人たちの中には名乗らないことで生き延びる人たちがたくさんいるわけじゃないですか。

宮地　そうですよね。下手に名乗ったら色付けされたり、スティグマを受けたり。直接の加害者にまた捕まったりすることも、もちろんある。暴力被害じゃなくても、今日（三月一一日）私たちは黙禱をしましたけど、三月一一日だからこそなんでもない一日のような感じで過ごしたい人っていうのはたくさんいるはずです。命日反応（アニバーサリー・リアクション）みたいなものが起きちゃうから、避けたい、考えたくないという人もいれば、外から知られたくないっていう人もいるだろうしね。例えば東京に勤めている人で、被災地出身だということを黙っている人も多いだろうし。下手に言ってしまって、三月一一日の話を振られたら、どう答えようと悩む人も多いと思う。とてもそんな軽く言える話じゃないっていうようなことは多いですよね。つらいことは触れないでくださいませたい、触れないでほしいっていうのは、回避反応とも言い得るけど、現実的な判断もありますよね。社会的な斥力が働きますね。

村上　つらいことだし、それが新たなスティグマだったり、差別のもとになったりもして。福島の避難者の子どもたちってすごくいじめに遭ってますよね。

宮地　そうですね。子どもの世界もけっこう残酷だし。三月一一日前後は学校を休みたい子どもたちも多いでしょうね。

「歴史の概念について」と当事者の位置

宮地　ところで、私はサバイバー側からの視点でどう過ぎるか、過ごすかっていうことで、話をはじめたんですけど、村上さんの話はどちらかというと見送る側、見守る側なんですかね？

村上　そうですね。僕自身は当事者だというわけではないですが、当事者と呼ばれる人たちと出会う機会は少なくないです。なかったことにされてしまう人たちのきえさせられ方と言うんでしょうか、すごく圧力がかかってきえさせられている面もあるんだと思うんですよね。ベンヤミンも「歴史の概念について」で「歴史主義、普遍史、一般史というものは敗者を消し去っていく」と議論しています。消し去られてしまった負けた人たちや抑圧された人たちの過去をどうやってすくい出すのかが彼の問いだったと思うんです。それを震災に関連させると、福島に今住んでいる人たちや避難された人たちは、本当にリスクがあるのかもしれないのに、「それはあなたたちが気にしすぎなんでしょ」というような言葉をかけられてしまう。あるいは自主避難者の問題で、国が策定した基準ではないところに住んでいたから「あなたたちが勝手に自己責任で避難したんでしょ」と。だから全体の中でそれぞれの個人が個別の経験をしているにもかかわらず、その経験をかき消すような仕方で国が救済する、救済しないという基準を決めて、なかったことにしようとされる人たちがいる。だから僕は、ベンヤミンが見ようとしていたものと実際に福島で起きていることがすごく重なると思うんです。弱い立ち位置に置かれた人が忘れられていく仕組みは福島に限った話ではないのですが。

宮地　ベンヤミンは具体的に弱者として誰かを想定しているんですか？

村上　明確に誰を想定しているか言及されてないんです。先ほどのような議論を明確にしたのは「歴史の概念について」というすごい短い文章だけなので、「敗者」とか「抑圧された者」っていう言い方しかないんですよね。それでも、他のテキスト、例えばアウラの議論と重ねてみると、人の個別性みたいのものが消えていくっていうことが問題なんだということが類推できると思います。

宮地　うーん。ちょっと話がずれるかもしれないけど、その場に当事者としている方がまだ楽で、外からそれを見ている方がつらいっていうことがあると思うんです。ロシアのウクライナ侵攻が起きた直後、友人とその知り合いのウクライナ出身の方と三人で話をする機会があったのですが、本人はウクライナにいるご家族のことをものすごく心配しているんだけど、家族の方が「大丈夫だよー、昨日より今日の方がマシだよ」ぐらいに軽く言っているという話がありました。現地にいて「爆撃にさらされるかもしれない」と思いつつも、コミュニティのみんなが必死で生き延びようとしているし、することが多くて気も紛れるし、まだ楽なのかもしれない、というような話をその人としたんです。その人は東日本大震災の時に日本にいて、「東京にいて怖い思いはしたけど、そんなに大したことはないよ」と家族に伝えていたのですが、ウクライナにいるご家族からは「早く日本脱出しろ」とものすごく心配されたと言います。時によっては渦中にある人の方が必死に何かをやっているからそれなりの自己効力感もあったりして何とか過ごせるんだけど、外から手をこまねいて見ているしかない状況の方がつらい時もあるということを思いました。それがベンヤミンにつながるかどうかは全然わかんないんですけど（笑）。

村上　そういう位置に立つ人って自分が第三者じゃないですよね。地理的には外にいるけれども状況に巻き込まれている。

宮地　そうですよね。東日本大震災の時に海外在住の日本人が深い傷つきや罪悪感を持って、それがあとにも強く残る人がいて、その特殊な傷つき方も何なのだろうかと思うんですよね。

現実的には、行ったら迷惑になったり、自分が犠牲になることも多いから、被災地や戦場に行けないことの方が多い。倫理的に何かするべきだったという意識から罪悪感を持つのではなくて、別のレベルで罪悪感というのは生まれてしまうこともあるように思うんです。

免責されるとき

村上　アイヌの出自をお持ちでオートエスノグラフィーを書かれた北海道大学の石原真衣さんが、「当事者とはそもそも罪悪感に取り囲まれた人びとであり、それは必要以上に責任を引き寄せてしまっている結果である。（中略）しかし、免責がされない限り、当事者が自己の罪悪感に言葉を与え、それが「自分のせいではない」と実感することは難しい」ということをおっしゃっていました（「先住民という記号――日本のダイバーシティ推進における課題と展望」石原真衣編『記号化された先住民／女性／子ども』青土社所収）。だから倫理ではない、もっと根本的なところで罪悪感を背負わされている人なんだ、と。

宮地　その罪悪感って何なんでしょうね。免責は、誰が免責するんでしょうか。

村上　免責しようがないんだと思うんですよね。だから免責っていう言葉が出てきているような気もするし。例えば、僕は今ヤングケアラーだった人たちのインタビューをずっととっているのですが、ほとんどの人がなぜか罪悪感を感じているんです。親が病気だったり薬物依存だったりして、自分は全然悪くないのに「私のせいでお母さんがこうなっちゃった」って言うんですよね。

宮地　そう思った方がコントロール可能なはずだっていう幻想を抱けるという心理学の説明を読んだことがあります。そんな説明をしても絶対通じないということはわかるし、自分がそう言われても納得できないだろうなとは思うけど。

村上　僕がインタビューをとった「私のせいでママが覚醒剤依存になっちゃった」と子どもの時に思っていた方は、母親が逮捕されたあとに供述証書を全部読むんですよね。自分のせいでなったんじゃないかっていう証拠探しをしようとするんです。しかし、自分が原因ではなかったと分厚い供述証書を読んでわかる。それは本当に思い詰めているんですよね（『「ヤングケアラー」とは誰か』朝日選書、第2章）。

宮地　それって現実には自分に関係ないところで物事が起きていたんですよね。それを知ること自体ものすごく悲しく、怖いことでもあります。そういうことを認識できるようになるにはものすごく知的体力が必要で、大人になってから「あの頃の自分にはどうしようもないことが起きていたんだ」ということを認識するしかなくて、そうすると、自分が受けたネグレクトや虐待もしょうがないことになってしまいますよね。

村上　うーん、そうですね。その人の場合は、その後セックスドラッグとして母親が覚醒剤を使用していたっていうのを知ることになるんですよね。本当にショックだったはずです。

宮地　自分にも関わりのあるストーリーの方が、つらいけれど自分の中で納得できるし、次の行動につながるということはあって、自分と全然関係ないところで物事が起きていたとしたら、「自分はちっぽけな駒にすぎないんだ」というように思って、生きる気力も無くなっちゃうかもしれないですよね。成長して、似たような境遇の子どもたちを見て、その子たち自身ではどうしようもないということがわかって、社会構造を変えていこうくらいの気持ちになったら活動できるかもしれないけど。お母さんにも過去の傷つきやいろいろ事情があったかもしれないといったことまで考えられるようになるといいですけどね。

村上　でも、こうやって繋いでいくと、宮地さんが考えてこられた生き延びることとしての過ぎ越しと、僕がイメージしてきた消えていってしまうものたちの過ぎ越しってリンクするんですね。内海に沈んでいってしまった人を助けられなかった人の視点で語るのがベンヤミンなんですね。そういう意味では、犠牲のもとで生き延びるというのと近そうです。

宮地　ただ、そのときに生き延びている自分の方にフォーカスするんじゃなくて、消え去っていく人たちの方にベンヤミンはフォーカスしているんですよね。

一つ思い出したのが、上岡陽江さんの話で、陽江さん自身、周囲の薬物依存の人たちが自殺や事故で亡くなるのをいっぱい経験していて、中には直前にＳＯＳが来ていたけど助けられなくて、結局亡くなっていってしまったこともあり、それにものすごく罪悪感を持っているとおっしゃっていました。その話を聞いたときに私があまり深く考えずに「立ち会ってもらえた、目撃してもらえた、っていうのはその人にとっては救いだったんだろうね」という話をしたら、ホッとされて、「すごく楽になった」って言われたんです。自殺していく人は陽江さんが関わってても関わらなくてもいつかは同じことをしていただろうけど、多少は時期が伸びたかもしれないし、陽江さんに看取ってもらえているんですよね。陽江さんからしたら「自分が助けられたかもしれない」っていう気持ちや、「何もできなかった」みたいな気持ちも含め、とんでもなくつらい話だし、自死を目撃すること自体もトラウマ体験になり得るので、自死を看取ってもらう行為がいいとは言えないんだけど。遠くから見ているだけの人間なら「その人はもういずれにしろ自殺していたよね」みたいなことを言えるんだけど、身近で関わっていると自分が関わることで食い止められるかもしれないと思っちゃうし、食い止めたいと思っちゃうし、職務上の関わりだったら食い止めないといけないっていう責任感もあるだろうし。そのときに食い止められなかった場合、それをどう自分の中で処理するかは、なかなか苦しいところがありますね。

村上　今のはまさに宮地さんが上岡さんを免責されていますよね。ご本人は何の責任もないのに責任を感じて苦しんでるわけで。

宮地　ね……。そうか、私は上岡さんを免責していたんですね。免責は自分一人ではできなくて、誰かにきちんと言ってもらうことが大切なのかもしれません。
でも、ハイリスクの場所にいるとそうならざるを得ないですよね。それは医療従事者や心理職・福祉職の人たちや消防士さんなどが経験することが多い罪悪感でもあります。でもベンヤミンが言っていることは本当にそういうことと重なるのかなぁ。

アウラとは何か

村上　今のお話を聞いて文芸評論家だったベンヤミンをもっとシリアスに読めるようになりました。彼自身もナチスドイツに追い詰められて、スペイン国境を越えられなくて半分殺されたみたいな自死をしているので、今宮地さんがおっしゃったような文脈と重なってきます。

宮地　アウラと今日の話は、トラウマとつながると思います？

村上　ベンヤミンがすくいたかったのは名前のない人の持っている名前や顔、その人自身の人生とか、そういうものだと思うんですよね。個別のものが消えていく過程で残る輝きをアウラと彼は呼んでいて、初期のダゲレオタイプの写真では、被写体のアウラがかろうじて捕まえられると言っています（「写真小史」「複製技術時代の芸術作品」『ベンヤミン・コレクション1』ちくま学芸文庫所収）。歴史がそれをかき消すんだけども、「抑圧された者」と彼が呼ぶような人たちが持っている個別性をかろうじて捕まえる。でも最終的に工業社会の中でアウラは消えちゃうんですけど。

宮地　アウラを考える時には、トラウマというよりもどちらかというと喪失、かけがえのない人を喪失した時にものすごく残るようなものと捉えていいんですか？

村上　もし繋げるならばですよね。アウラは芸術作品や骨董品などの個別性が工業生産や新聞という大量の反復可能性が生じたことで失われていく、といった文脈で写真論やボードレール論で語られています。ベンヤミンがアウラを語るときには「遠さ」を強調しています。時間的に遠い過去や距離が遠いものが遠ざかることによって具体性を失っていくんだけど、なにか個別性の骨格のようなものが残る状態を指しているように感じます。あるいはむしろ、個別性を捕まえるには、遠ざかって消えかかったときに骨格だけ残ったものを蘇らせるしかない、と考えていたんだろうと思います。

彼にとっての弁証法・史的唯物論とはそういうものだった。

ベンヤミンにとって大事だったのは失われた個別性をすくい出すというテーマだったので、個別性をすくい出すことが話題になるのはアウラだけではなくて、物語論なんかも同じ系列になります。物語を他者に「語る」ことのなかで描かれる個別性が、新聞が普及して「情報」になったことで失われたといった仕方で同じテーマを論じることもあります（「物語作者」「経験と貧困」『ベンヤミン・コレクション2』ちくま学芸文庫所収）。スピードが増して轟音と反復が際立つ資本主義社会では、個別の「経験」が失われてしまうわけです。彼にとって第一次世界大戦はそういう出来事だった。

あるいは中期の『ドイツ悲劇の根源』から遺作の「歴史の概念について」まで続く「廃墟」のモチーフも失われた個別性をねらっていると感じます。前者にはまさにレヴィナス的な「顔」というモチーフも登場しますし、後者では抑圧されたものの「救済（Erlösung）」がテーマになる。

宮地　かけがえのなさみたいなものですか？　日本語に無理やりすると。

村上　そうだと思います。それが消えていくっていうことだと思います。

アウラとイリア

宮地　アウラとイリアの関係は？

村上　「イリア」il y a は英語の there is～にあたるフランス語なんです。事物は消え去っちゃったけれども「ある」ということだけが残っているという状態だというふうにレヴィナスは言います。何もない拡がりが「ある」。レヴィナスにとってはすごくネガティブな状態のことを指していて、不眠のなかで思考も停止して金縛りにあっている状態であったり、死ぬこともできずに凍りついた存在へと拘束されることだというんです。これはもうアウラでさえも何もかもが消えちゃった状態なんじゃないかと思うんですよね。だからここに本当は人が存在したはずだけど何もないという状態がイリアなんじゃないですかね（『実存から実存者へ』ちくま学芸文庫）。

宮地　その手前がアウラみたいな感じ？

村上　うん、その手前がアウラ。例えば、ダッハウの強制収容所の跡に行くとただの広い広場なんです。人がたくさんいて、亡くなっているはずなんだけどあそこには何もない。だからアウラも何もないですよね。

宮地　一方で、アウシュビッツにはいろんな遺品があって、そこにはいっぱいアウラがでていますよね。遺品として選ばれる時点でまた新たなアウラが生まれるけど。遺構や遺品もなく、打ち捨てられた現場とか、そういうところがイリアなんですね。

村上　そうですね。強いていうならば。例えば今も東北の海岸部って、ただ更地になっている場所がありますよね。たくさん津波で人が亡くなっているはずなんだけど。

宮地　でも更地になっちゃうとまた違うような気がするな。ただの荒れ野に見えて実はそこでたくさんの人が亡くなっていたとかの方がきっとイリアなんだろうなと思ったりするけど。

村上　レヴィナスが前期に用いていたイリアは、彼が収容所の中にいたときの経験で、暗闇の中で物はなくなって、本当に真っ暗な暗闇で眠れない状態という描写なんです。でも後期に入って、イリアという言葉を使う時には、人がいなくなっている重さというようなニュアンスが強くなっていくんです。だから「イリアは、他者性の全重量である」というような言い方をすることがあります。本当は人がいたはずなのにその痕跡すら消されてしまうっていうような状況というのがイメージできるのかなと思います。

宮地　じゃあ環状島のモデルに無理やり引きつけると、アウラは波打ち際あたりで、イリアは内海の中でももっとも奥底の誰も近づけないような、光も届かないような場所なんですかね。

村上　そうですね。そこにたくさん人が沈んでいると思います。

きえゆくものを語る

宮地 何かを抱えた人が私に近づいてくることがよくあって、そのときにいろんなものを持ってくるんですよ。ある人はイリアを持ってきて、ある人はアウラを持ってくるんです。持ってくるのには理由があるわけでしょう。そのときに、その人がその言葉に何をこめているんだろうっていうことを私は考えるんですけど、哲学系の人にその意味を聞いても、哲学系の人は基本的にはこれまでの解読の仕方というか作法の話をするんですよね。でもそういうことを聞きたいわけじゃなくて、やむにやまれずその人がその言葉を使う、その言葉に惹かれるのは何でだろうなということを知りたいと思ってるんです。そうするとアウラとイリア以外に、強度のあるトラウマ的状況に関してどういう思想や言葉がありますか？ 村上さんにだから聞ける質問（笑）。

村上 巨大な質問ですね（笑）。哲学がトラウマについて語りうるようになったのって、第二次世界大戦以降だと思うんです。心理学だと第一次世界大戦以降だったのですが。でも哲学の世界はまだ一九一七、八年の時点ではそこまで消化できてなくて、ベンヤミンのような人が一番最初の形だったと思うんですよね。逆にそのあとはすべての分野で第二次世界大戦を踏まえざるを得なくなりました。

宮地 うーん。それってあくまでヨーロッパの哲学・思想史の流れですよね。この前久しぶりにトニ・モリソンというアメリカの黒人女性の小説家が自分の作品について語った文章を読んだんです(『「他者」の起源』集英社新書)。彼女は、声も上げられず文章も残せず殺されていった奴隷の人たちを、世代を追ってフィクションとして書いているんですよね。その人たちが乗り移る感じで書いているんです。過ぎ去っていく人、きえていってしまう人たちを目撃する仕方として、ベンヤミン的な方法もあるかもしれないし、トニ・モリソン的な方法もあるだろうし、きっと他にもいろんな形のきえていってしまうものを目撃するあり方があるんだろうな、と思って。

村上 文学でも、直面してきたのかもしれないですね。

宮地 ヴァージニア・ウルフなんかもそうかもしれないしね。

村上 そうですね。日本だと石牟礼道子とか。

宮地 きえていってしまう人たちを目撃している人もいるけど、きえていってしまう人たちを目撃している人を目撃している人もいますね。さっきの上岡陽江さんの話でいうと、陽江さんはきえていってしまう人たちを目撃しているわけでしょ。で、私たちはそういう人たちをまた目撃しているんだなぁと。文学においても、きえていってしまう人たちを目撃して書いている場合もあるし、目撃した人たちのことを書く場合もあるなと思いました。

で、無理やり繋げると、ヘンリー・ジェイムズはそれのどこかに入るのかと思ったり……。

きょうだい児

村上　ヘンリー・ジェイムズの作品は統合失調症的なんですけどトラウマの話ではないんです。妹のアリス・ジェイムズが統合失調症だったと思いますけど。だから、彼自身も妹がもっていたであろう他者の感覚は抱えていたんでしょうね。

宮地　ヘンリー・ジェイムズの作品については知らないことが多いので、その話題は置いておくとして、でも、きょうだいの中で誰かが死んじゃったり、大きな障害を抱えていたりすると、おそろしいサバイバー・ギルトがもたらされますよね。

これも学生が修論を書いていて、そこから私も勉強したんですけど、障害児のきょうだいのことを「きょうだい児」って言うんですね（園田真子「障害児・者のきょうだいの体験からみる障害と支援」一橋大学大学院社会学研究科、二〇二二年度、修士論文）。大人になってからも「きょうだい児」という呼び方をしていて。きょうだい児独特の苦しさや、さまざまな傷つきや、頑張りが、ヤングケアラーと重なるところがある。その中で大きなことの一つは責任感を負わされることです。親から「自分が亡くなったときにあなたがお兄ちゃんを世話するんだからね」みたいなことを言われる。それがすごくポジティブに作用して、使命感となって福祉系の現場で活躍している人たちもいるんですが。でも同時に「お兄ちゃんは大変だけどあなたは大丈夫でしょ」みたいなことを言われて、罪悪感を持たされると同時にネグレクトもされてしまうことが多いですよね。

村上　そうですよね、ほっとかれてしまうんですよね。

宮地　罪悪感や責任感と同時に、怒りや悲しみや寂しさも折り重なって抱えているんだと思いました。きょうだい葛藤については「カインとアベル」のようにいろいろな作品で描かれていますが、きょうだい児の問題って、きょうだい葛藤が非常に極端な形で表れていますよね。

村上　うん、しかもきょうだいが極度の弱者だから何かぶつけるわけにもいかないわけですよね。

宮地　極度の弱者でもありながら、極度の強者でもあるわけですよね。親の愛情や手間が全部そっちに向かうという意味では。

村上　うん。今僕が、ヤングケアラーの文脈で分析している方も、きょうだい児として自分はほっとかれていた経験があるんです。お兄さんがてんかんで長期脳死と判断できるような意識不明の状態なんですけど。子どもの頃からずっと「あんたは頑張りなさい」と周りに言われ続けて「じゃあ私は治すために医者になる」って言い続けていたような方なんです。でも、当時は出せなかった怒りが二〇年以上経って大人になった今、自分の子どもを見ると湧いてくる。自分のお子さんを見たときに「突然怒りが湧いてきて制御できなくなる」っておっしゃっていました。でも子どもの頃はその怒りは出てきてないんですよね（『「ヤングケアラー」とは誰か』朝日選書、第1章）。

宮地　そうなんですよね。大人になって自分がこんなに大変な状況に置かれてたんだっていうことを理解して、ようやく怒りが湧くっていうのもありますよね。その方はその怒りをどうしているんでしょうね。自分の子どもに対して怒りがあるの？

村上　ご自身の子どもが元気に明るく振る舞っているのを見ると「お前らふざけるな！って病的に怒りが湧いてきちゃって」とおっしゃっていました。おそらく、お医者さんにかかっていらっしゃるのかなと思うんですけど。

その方の場合、結局お兄さんが長期脳死で亡くなっているんですけど。てんかんで一度心肺停止になったけど蘇生して戻って「どうしても治療してほしい」と親御さんがお願いしたらそのまま回復していって、呼吸器が外れて、そのあと長期間、脳死判定をしたら脳死状態になるような状態で暮らして、ずっとご両親が看病を続けられていたみたいですね。だから生死の曖昧な部分に小さい頃に直面されていて、それも解決できていないっておっしゃっていました。

宮地　直面だけじゃなくて、その期間が長いとその状況をずっと過ごさないといけないっていうことですよね。

村上　そうですね。三年八ヶ月とおっしゃっていました。

宮地　うん、それがきついですよね。短時間に亡くなるのを目撃する、直面するっていうのとは違って、生死の境を漂っている人が家族にいるという曖昧な状況を何年間も過ごすというのはおそろしく体力もいるし。日常も保っていかなければいけないし。まさにどうやってそれをやり過ごすのかっていうか、過ぎ越すのかっていうか……。

村上　そうなんですよ。お兄さんがベットに横たわった状態を自分は怖いって思っているんだけど、家族が一生懸命ケアをしていてお兄さんに「頑張れ」って言っているのを見ているので、それを家族には言えない。あと、自分が元気に過ごすことが親のケアにつながるので、病院に見舞いに行くときは「今日こんな楽しいことがあった」っていう報告をしなければいけなくて、一生懸命緊張して話題を考えていったと語っていらっしゃいました。一方で、学校でいじめを受けたともおっしゃっていて。だからすごく大変ですよね。

あと、お兄ちゃんがバスケットが好きだったのでその方はバスケ部に入るんですよ。「すっぽり兄貴になって」とおっしゃっていて、お兄さんがやりたかったことを全部やる役割を自然と担うことになっていたと。それはつらいですよね。

宮地　「すっぽり」って丸ごとってことですよね。それだと自分がなくなっちゃいますよね。その人をその人として、子ども時代に見ていてくれる人がいると違うんでしょうけどね。

村上　本当は一緒に住んでいたおじいちゃんが自分のことをわかってくれていたんだけど、お兄ちゃんが退院して家でみるとなったときに、庭に一棟建てて、おじいちゃんを入れないようにしちゃって切り離されてしまった、とおっしゃっていました。それは怒りの一番大きな種だったんだと思います。

宮地　ね。周りの人は当たり前って思っているからわざわざ言わないんだけど、「この子とお兄ちゃんは違う人間なんだよ」ってちゃんと言葉にして言ってくれる人がいたら、この子にとってはきっと違うんだろうなと、今聞いていて思いました。個別性の議論ともつながりますね。

村上　そうですよね。現実にはお兄さんのように振る舞うとお兄さんはある意味消え去っていってしまって、妹の方はやり過ごせない。唯一ポジティブなことは「私だけが、兄貴のことをちゃんと考えていた」「本当は兄貴苦しいんじゃないかって私だけ思っていて、それは兄貴に対するケアだと思っている」と語っていたんです。不思議な語りですけど。

宮地　子ども目線で一緒に見ていたっていうことかもしれないし。お兄さんを対象として見るのではなくて、自分もその身体にいたらそう感じるだろうってことですよね。

転向と改心

宮地　準備をしていて最初に言わなかったことがあるのですが、転向の問題も考えてみたかったんです。例えば遠藤周作の『沈黙』（新潮文庫）ではクリスチャン弾圧で転向する人が描かれていますし、戦前の治安維持法とか弾圧の中では転向せざるを得ない人たちがいて、その人たちに対して思想界というか言論系の人たちは非常に否定的ですよね。現実には転向せざるを得ない状況があるにもかかわらず、転向せずに抵抗して殺されていく人たちだけが英雄視されていくってどうなんだろう、とずっと思っていたんです。それと並行して、極限状態に立たされた人がどう生き延びるのかっていうことへの興味を持ってきたんです。

『沈黙』は中学生の時ぐらいに読んだんですけど、強烈な印象を受けました。すごく覚えているのが、司祭さんが他の人たちのいびきがうるさいと思っていたら、それはいびきじゃなくて拷問されている信者たちの声なんだと知って、そこで自分が転ぶことを決めたというシーンなんです。信者たちは棄教を誓っているのに、自分が転ばないと許されない。それってまさに罪悪感を持たせることによって、その人を転向させるってことですよね。なおかつ自分が転ぶことで、他の人たちを転ばせるための役割もさせられていく。

あとは、転向とまではいかないんですが、例えば学生運動を精力的にやっていた人が挫折して……っていうような話も、ときどき聞くことがありますね。ポロッと何かの機会で話されるんですが、この人はまだそこを未解決のまま抱えているんだなぁと思うようなことが何度かあって。自分に対して忸怩《じくじ》たる思いを持ちつつ、語らないことで生き延びてきたんだな、というか。表向きには社会的に成功して、名声も持っている人たちなんですけどね。

村上 それは自分を裏切るっていうことなんですかね？

宮地 うん。自分を裏切っているという認識も強烈にありますよね。でもその一方で、仲間で死んでしまった人もいるし、学校をやめてそのあと思い通りに人生を歩めなかった友人たちもいて、でも自分は上手く立ち振る舞って、学校も無事卒業して、そのままキャリアも進んで成功しているみたいな、そんな感じですかね。

村上 他の人に対する罪悪感もあるんですね。その救いのなさって何なのでしょうか？ その方たちの場合は確かに罪悪感も残るけども、例えば『沈黙』の主人公の場合は、神は裏切られるかもしれないけど、人々は助かりますよね。

宮地 うーん。短期的にはね。

村上　転向の持っているネガティブさを僕は考えたことなかったな、と思って。僕が転向と似ていて興味を持ってきたのは、改心なんですよね。例えばパウロだったり、ルターだったり、アウグスティヌスだったり。思想信条がガラッと変わるんだけど、改心はポジティブに受け止められています。

宮地　そっか、改心か。明るいなぁ。私は改心について考えたことなかったです（笑）。心を入れ替えて明日から頑張ります、みたいな？

村上　いやいや。パウロだったらもともとユダヤ教徒でキリスト教徒の迫害者だったのが、キリストに出会ってキリスト教徒に変身するんですよね。アウグスティヌスも異教徒だったのがキリスト教徒に変わるんです。それは彼らにとっての真理に目覚めるっていう経験ですし、それによって他の人も含めて救済を考えることができるようになるということです。でも転向の場合は真理を裏切る上に仲間を裏切るっていう後ろめたさがあるんですかね。

宮地　真理に目覚めるというと、加害性をもっていた人たちが自分の加害性に気づいて変わっていくみたいなものが思い浮かびます。坂上香さんの「プリズン・サークル」（2020）とか。一緒にしていいのかわからないけど、『チッソは私であった』みたいなガラッと変わるようなものもありますよね。

村上　僕そういうのに惹かれる。

宮地　なんか、ハッって変わる瞬間ありますよね。すべてが白黒逆転というか。それは私も好きかもしれないな。

村上　でも、転向はそうじゃないんですよね。

宮地　まあ、心から転向しているのか、プレッシャーに負けて転向しただけなのか。

村上　今話していて例えば前半で議論していたトラウマティックな状況を生き延びるっていうこととの違いはやっぱり真理の問題なような気がしました。

宮地　でも政治信条の場合、それも真理なんですか？

村上　そうそう、ご本人にとっての真理を裏切る。

宮地　逆にとにかく周りにすべてを合わせて生きていくっていう方法もあり、カメレオンと言われるような人たちもいて。現実的にはそのほうが生きやすいかもしれず……。まあ、問い詰められずにすんだら、転向も改心もしなくていいのかもしれないですけどね。

村上　何か二つの大きな力の間にあるわけですよね。何か強いられる状況と、自分の意志が真理と思っていることとがずれている。

宮地　それでいうとモラル・インジャリーという言い方があるんです。例えば精神科医としてはじめて精神科病院に当直することになって、そこで自分の任務を果たさなきゃいけないから、本来自分はしたくないけど拘束をしなきゃいけないとか、強制医療の担い手に自分がならなきゃいけないとか。あとはコロナ禍で限られた資源の中で助けられるはずの人を助けられないとか。そういう状況がしばしば起きているという現実認識もあります。

村上　なるほど、そっか。僕は転向という状況が想像できなかったんですけど、今の社会ではむしろ日常的なんですね。僕ら誰もが社会人をやっていたら起き得ますよね。

宮地　そうですよね。誰かを見捨てなきゃいけないとかね。

村上　そうすると、自分が持っているモラルと押しつけられる規範との葛藤なんですかね。

宮地　そうですね。それって、自分自身の信条の裏切りでもあるけれども、人間関係における裏切りでもある。日々私たちは転向しながら生きているということですかね。

村上　そういうことになりますよね。日々転向しているし、あるいはそれに抗おうともしているけども。日々転向しているってすごいですね。

裁く側に立つ

宮地　あともう一つ話したかったのは、ずっと生き延びようとする側からの話をしていたけど、自分が裁量権を持っていたり、裁く側であるとか、見逃しをする権利を持っていたりすることについてです。大学教員なんかもそうじゃないですか。見ないふりをしてあげるとか、単位を出しちゃうとか。そういう権限を持っている人がその権力をどう使うかということなのですが。ちゃんと出席を取って公正にした方が喜ぶ学生もいて、でも「まあまあでいいじゃん」って言う人たちもいて。許すということは大事だと思うし、権力や裁量や采配権をもつ人たちは何をどう考えたらいいんだろうか。すごく漠然としていますけど、そんなことを考えていました。

村上　僕は、自分があまり裁く側に回りたくないからできるだけ逃げてます。成績も甘いし（笑）。トリアージする側としての自分か……。

宮地　自分が選ぶ側にある場合には、選ぶ責任もあるわけですよね。あまりそういうこと考えたことなさそうですね（笑）。

村上　そうですね。回避したいんです（笑）。

宮地　私は、資源が限られている中で自分の力配分をどうするかということに日々悩まされていて、この依頼は断るかとかそういうことも含めて。でも自分が拾わないと他に拾ってくれる人いないんだろうなぁみたいなことで悩まされることが多いから、それでこういうことを考えているのかもしれないです。

村上　それは裁くというか、引き受けるかどうかですよね。

宮地　そうですね。裁く、引き受ける、選ぶ。ずっと以前に「難民を救えるか？――国際医療援助の現場に走る世界の断層」という論文を書いて（『トラウマの医療人類学』みすず書房所収）、そのときは救う側の恣意性について考えたんですけど、それも選ぶ側の話です。あんまりみんなそういうことに悩まないいんですかね。

村上　うーん。僕は意識的にも無意識的にも回避しているのかもしれない、と今思いました。でも、たぶん宮地さんはそんなことを言っていられないような立ち位置だし、お仕事なんだろうなと。

宮地　そうですね。特にね、人的資源の少ない領域ですからね。

村上　ですよね。しかも相手の生死が関わるような状況にあるわけですよね。だからトリアージなんだ。本当に。

宮地　そうなんですよ。自分はずっとトリアージさせられていたのか、みたいな。

事なかれ主義

村上　それは今日のテーマとどう関係していたんですか？

宮地　うーんと、トリアージで選ばれた人が生き延びて、そうでない人は死んじゃうわけで。厳しい言い方をしたらベンヤミンは自分は誰を消えさせて、誰を消えさせないかの責任を負っていないから、過ぎ去っていくのをただ眺めていればいいだけですよね。でも、もしもベンヤミン自身が何かの権限を持っていたら、思想がどう変わりうるんだろうかとか、どんな思考をしたんだろうかとか、どんな感情を持ったんだろうかとか、そういうことに私は興味があるんだろうな、と思いました。

でもそういうふうに突き詰めなきゃいけない気持ちになることもある反面、突き詰めなくても時間が過ぎて時が解決してくれるのを待つみたいな、究極のいい加減さみたいなのも重要だと思ったりして。決めないとか、選ばないとかそういう方法もあるんだろうな、と。官僚や小役人の戦略でもあったりするんでしょうね。

村上　事なかれ主義ってやつですね。僕それですけど（笑）。

宮地　それもそれでメリットもあるのかもしれないし。

村上　でもネガティブケイパビリティという積極的な言い方もあって、それは待つという仕方で過ぎ越してますよね。どうにもならないから待とうよっていう。

宮地　結構難しいことですよね。事なかれ主義に対して、例えば福島にはやりきれない思いをしている人たちもたくさんいるでしょうしね。

村上　もちろんです。今のお話は、過ぎ越すことができなかった人たちに対して、生き残っている立ち位置にいる人たちがどうやって責任を負いうるかっていうことですかね。例えば、宮地さんだったら患者さんに対して責任を負おうとするわけだし、福島で何の補償を受けてもいない人たちもたくさんいて、私たちはそういう人たちに何ができるのかということになりますよね。やり過ごさないで引き受けるっていう責任の問題になっていく。

宮地　ＮＨＫのドキュメンタリーで、東京電力に勤めていた社員の何人かがやめて、福島に移り住んでいろんな活動をやっているというのがありました（ＮＨＫ「東電の社員だった私たち福島との10年」

ETV特集、二〇二一年九月二五日)。どんな立場から見るかによるけど、それを改心だと思う人もいるかもしれないし、責任の取り方の一つでもあるだろうし。ドキュメンタリーではそういう人を個別に捉えて番組にするということだから、そういう選択をしなかった人たちももちろんいっぱいいるし、誰を称揚して誰を良くないとみなすかも簡単には言えない話だとは思うけど。最初に個別性ということが出ましたが、単純な改心という話ではなくて、どういう人と出会ってどういうふうに気持ちが変わって……という個別のプロセスが重要であって、あんまり図式化しない方がいいんだろうと思います。

過ごすというテーマにはユーモアや笑いがないですね。なんか張り詰めちゃうというか。でも、過ぎる、過ごすにはそれこそ喜びや笑いや音楽やゲームといったことが大きな役割を果たしてもいて。

村上 ユーモアに関わることを一回お話をしても良いかもしれませんね。僕の中ではちょっとジャンプするっていうイメージなんです。

宮地 「はずす」とか?

村上 良いですね。では次は「はずす」をテーマにしましょうか。

第5回

「はずす」

ユーモアと曖昧さ

2022年4月29日（金）

自分自身と出会い損ねる

宮地　前回の宿題という感じで、ヘンリー・ジェイムズの「にぎやかな街角」（『ヘンリー・ジェイムズ短篇集』岩波文庫所収）を読んできました。今日のテーマである「はずす」にあまり関係ないかもしれないですけど、最初に少し話したいです。

「あの時こっちを選んでいたらどうなっていただろう」というような、あり得たかもしれない自分っていうのは想像できますよね。自分の選択によって物事が確実に変わってしまうことは生きていく中で確かにあって、そこに思いを馳せる、というのがとっても面白いテーマです。コロニアル様式のアメリカの歴史的建築が立ち並ぶところをうろうろ歩き回って、あり得たかもしれない自分と出会うっていうのは面白いなぁと。私の読みが正しいかどうかはわからないんですけどね。

村上　でも小説なので、いろんな読みがあって良いですよね。僕の中ではヘンリー・ジェイムズは自分自身や他者を謎として描いていたように思うんです。だからすれ違ってしまう。「にぎやかな街角」の主人公も自分と出会おうとするんですけど、出会えない。他にも「ジャングルの獣」もそういうプロットです。そういう意味ではすれ違うということが、今回のテーマに重なると思うんです。

あと、個人的な話で小さいころに一人で、部屋に「何かがいる」とか「何かがいたら」っていう想定でドアを開けてみたり、その何かを探すっていうごっこ遊びのようなものをしていたのですが、その感覚を思い出しました。

宮地 誰もいないんだけど、誰かがいるかもしれないって思って、知らない建物に怯えて入ることもあるわけじゃないですか。そういう恐怖感にかんすることもヘンリー・ジェイムズは書いているけど、今の話は逆ですかね？

村上 何をしていたか自分でもよくわからないんだけど（笑）。

宮地 そっか。併せて「ねじの回転」（『ねじの回転 デイジー・ミラー』岩波文庫所収）も読んだのですが、読後に不協和音的な余韻がずっと残る感覚がありました。子どもの描き方が全然子どもらしくないですよね。萩尾望都の漫画を連想したりもしつつ。

この作品は、使用人から子どもに対しての性的搾取・虐待が隠れたテーマとなっているとも読めなくないんですよね。そういう意味では、作風はまったく違いますが、太宰治の作品とも通じるところがあります。「ねじの回転」の解説では「同性愛」という書かれ方をしていて、たまたまある女性の使用人と女の子、別の男性の使用人と男の子っていう組み合わせでは同性同士だけど、でも子どもの場合、そんなに性別で変わるわけではなく、大人との圧倒的な力の差が問題になります。そういう意味では、同性愛という禁忌を犯したことが問題なのではなく、大人のペドファイル（小児性愛者）による性的虐待の話であり、そういう世界を無理やり知らされてしまった子どもたちがどこかで大人を冷めて観察していて、こう演じたら大人は喜ぶだろうというように先取りして行動している雰囲気などがよく描けているように読みました。それが表に出ないところが作品の面白さではあるのだけれど。

でも、そういうことっていっぱいあったと思うんですよね。まあバレなければ問題ないとされていた時代ですが、子どもたちには深い影響を与えます。秘密を抱え、大人の建前の世界の虚構性にさらされ、ある種の離人感や現実疎隔感をもった、妙に大人びた子どもを作り出してしまう。

というわけで、前回の宿題の口頭レポートみたいですが、やってきました（笑）。今日のお題は「はずす」でしたかね。

ラカンとユーモア

村上　「はずす」「それる」ですかね。僕は一つはユーモアとしての「はずす」ということを考えてきてました。僕はわりとラカンが好きで、ラカンは、ユーモアを獲得することこそが主体になることであるというふうに、フロイトを読んだ人なのではないかと思うんですよね。フロイトの「機知」や「日常生活の精神病理学」を読むところから出発して、ユーモアの中に無意識の発露を見ていく議論です。「他者」（一九五〇年代に「大他者」と呼ばれるものですが）つまりは社会規範の通りに従っていく自分自身を作るんだけど、でも治療というのはそこからもう一段はずれて別の欲望を見つけることなんだということだと思うんです。そのとき大事だったのが「機知」に依拠する「ユーモア」なんですね。社会規範の枠組みに乗りつつ、そこを踏み外したところでユーモア、すなわち自己が実現する。これは一九五〇年代後半の話なのですが、そのあとになってくると彼が「現実的なもの（le réel）」と呼ぶものとリンクされて、「トラウマ的なもの」を引き受けるっていうテーマとつながってくると思うんです。「現実的なもの」と彼が呼ぶところの言葉にならないトラウマの水準があって、それが運命として迫ってくるんだけど、それを引き受けた上で自分自身になるということがユーモアっていう働きと結びついていく。社会規範の中でありきたりな姿になるのとは別の仕方で自分自身を作っていくことになる、というのがラカンの議論です。

そこから出発して考えていたのが、当事者研究のグループの実践です。すべてがそうとは言えないですが、例えばべてるの家の当事者研究の向谷地生良さんのセッションを見ていると、ユーモアを大事にすると思うんですよね。どんな場面でもそれをユーモアとして包んでいく。当事者の方はすごくしんどい現実を生きていると思うんですけど、そこでユーモアという形である種の笑いを見出してシェアできるような仕方にした時に、当事者の人たちがちょっと生きやすくなるんだと思うんです。それに、笑いがその場で起こることによってみんながその経験を自分事として共有できる瞬間なんだと思うんですよね。だから当事者研究がユーモアを大事にしているのは意味があると思うので、そこの部分と関係付けて考えてみたいです。

宮地　ラカンについてはあまり好きではないので、話をラカンに寄せて考えられないのですが、でも「機知」、ウィットやユーモアっていうのは非常に大事ですよね。今「トラウマと地球社会」という授業を教えているんですけど、読むもの読むものつらい話ばっかりなんですよね。私もつらいし学生もつらいし、みんな眉間に皺を寄せちゃうことが多くて、だんだん暗くなってしまう。だから、あらかじめ最初から「眉間に皺を寄せるのをやめようね、トラウマを明るく語るのもアリだよ」って話しているんです。『トラウマ』（岩波新書）のなかでも書いているんですけど、同一化してその苦しさをある程度理解しないといけないけど、でも暗い話だからと眉間に皺を寄せても何の解決にもならなくて、どこかでふっとユーモアなどで「はずす」必要があるんです。そういう意味で視野狭窄からのがれるっていうのは非常に大事で、自分が置かれた状況があまりに大変でも、それをちょっと外から見て「いやこれちょっとシュールだよな」とか、「なかなか悲惨な状況に私陥っているよね、いやー」とかって言って笑ってしまうみたいな。そういう感覚は生き延びるために非常に大事だと思うんですよね。周りの人もあまりにその人の苦しさや絶望ばっかりに同一化してしまうと、一緒に溺れ死んでしまいそうになる。だから、どこかでふっと軽くなったり、笑ったりするのは非常に大事だと思います。

視野狭窄から抜ける

村上　今の宮地さんの「視野を広げる」というお話は僕が最初にした話と重なるところがあるのかな

と思いました。僕の話では「視野を広げる」っていうニュアンスではなくて、規範でがんじがらめになっているところからぽっと飛び出す、というニュアンスでしたが。

宮地 あとさっき包み込むともおっしゃっていましたよね。だから広がるという意味では似ていると思うんですけどね。広がる、包み込むだからcontainですよね。向谷地さんのようにいろいろなものを知り尽くした人は、「こういうのもあるよ」と視野を広げるように包み込む。構えるのをやめて広く柔らかく受けとめる、包容力のようなものはユーモアの中に含まれている。余裕とか、いろいろな豊かな経験がないとユーモアって作りづらい。ウィットってまさに機知であり、その人の経験や知識など様々なものがその瞬間、その機会に、ウィットとして現れますよね。その人の深みとか豊かさとかもね。

村上 パースペクティブが広がることと抱擁する余裕って、似ているけどちょっと違うような気もしますよね。

宮地 うん、違いますね。ドツボにはまり込んでいる当事者なのか、その側にいる人なのか、視点によっても違うんじゃないかな、と。例えば私が患者さんに対しての場合は、その人が本当に袋小路に追い詰められて何の希望もないと思っている時に、その状況を見てちょっとユーモアに変えて言ってみて、患者さんも笑い出して、そこで余裕が出るというか。そういう意味ではその人の視野をそこで一緒に広げるというか。

村上 そうすると、セラピストの側が視野を広げるし、抱擁しているし、当事者の側に余裕を生み出すんですかね。包むというのははずれることが許される場を確保する、安全な場所を作っておくっていう意味ですかね。安全性がないといけないですよね。

宮地 今の私の話ではそうですよね。一方で大学の授業では、悲惨な経験をした人たちの手記などを読んでつらくなる側だし、当事者というよりも周囲にいて……。

村上 つまり、ずれるためには誰かがいるってことですかね。

宮地 うーん。誰かとか、ふとした声がけとか、ポンって肩を叩かれるだけでもハッとするかもしれないし。そういうきっかけはあるといいですよね。でも包み込むこととメタ視点に立つのは私も違うような気がしていて、一緒にしていいのだろうかとは思いました。

自分が悩んで思考がぐるぐる回っているときに誰かに相談してみたら、その人は全然違う視点から入ってきてハッと気付かされることもあるし、だからこそ人に相談するんだろうし、案外とぼけたような質問を返されて、逆に楽になることもあるだろうし。

ラカンは私はあんまり読んでないので、詳しく説明していただいてもいいですか？ 治療場面とかあるんですか？

ラカンと治療プロセス

村上 いや、ラカンって自分の臨床についてはほとんど触れないのでわからないんです。一つだけ「症例ジェラール」（『ラカン 患者との対話』人文書院）という症例が読めますが、読むとラカンはひどい医者だなって思うんですよね。本当のところどうだったかはわからないんですが。ただ、『セミネール11巻』に、分析家がある種「謎」として登場する話が度々出てくるんです。[注1] その「謎」は、がんじがらめになっている状態の外側に出る役割・きっかけを与える存在なんだろうなって思うんです。でもラカンの場合には暴力的な仕方だったんだろうなと「症例ジェラール」を読んで思ったんですけど。

宮地 うーん。「謎」か。

村上 そうですね。「謎」っていうような言い方ですね。あとは「神託」とか。

宮地 ふーん。おみくじみたいな。自分のためにカスタマイズされていないけど、引いてみたらそれに引きつけていろいろ考えさせられるみたいな。そんな感じかな。

村上　そうそう。ラカンの場合には考えさせることをすごく重視していたので、分析家がぽっと言ったことや身振りをクライエントがあれこれ考えて自ら袋小路を突破するという構図なんですよね。大人になるということをクライエントに対して要求しているんだと思うんですけど。

宮地　大人になるってどういうこと？

村上　うーんと、第一段階は規範の段階に至ることで、第二段階は社会規範を突破したところで自分の欲望を見つけること、なのかなと思います。僕も単純化して理解しているんですけど。

宮地　一度は規範を学ばなきゃいけないんですね。その上でそれを突破するんですね。

村上　そうですね。最初の段階は、言語を身に付ける過程です。一度現実的なものが隠されて言語的な存在として自分を位置付けるんです。次に、いわゆるエディプスコンプレックス的なものとつながってきて、「パパ、ママがこう言うから」「パパみたいになりたい」というような仕方で自分の欲望を内面化していく段階がある。さらにそこを突破すると、「本当のところは何がしたいのか」「自分にとっての課題は何なのか」と先にある本当の自分のテーマを考えていって、そのときにもう一度、原抑圧の段階で隠されていた現実的なもの、言葉にはならないけどどこかにある現実と直面することになる。

宮地　本当の自分ってあるのかね？

村上　もちろんラカンはそんなにナイーブではないのでそういう言い方ではなく「幻想の横断」と言います。親が与えたストーリーという幻想を超えたところでもう一度自分の欲望を喚起する対象（objet a）、現実界の窓になるようなきっかけと出会い直すっていうことなのだと理解しています。

宮地　でもそれは、わりとうまくいった人の話ですよね。

村上　もちろん。治療のプロセスがそうだっていうことなので、うまくいったらそうなるっていう話ですよね。

宮地　というか、うまくいくのはそういうことだという想定ですよね。果たしてそうなんですかね。

村上　それは、わからないんですけど、僕の今の説明はそういうふうになっています。

宮地　そうですよね。今の話だとどこかにロールモデルが存在して、それを乗り越えるみたいな成長ストーリーじゃないですか。

村上　たぶんもう少し洗練されているんだと思うんですけどね。僕の説明がそうなっちゃっただけで。つまりロールモデルは設定しえないんだけども、どこかで自分の欲望を見つけ直さなきゃいけないっていうことで。

宮地　ロールモデルっていう言い方はおかしいかな、乗り越えるべきものが存在する、つまり父がいる人の話ですよね。父がいない場合どうなんだっていうことが……。

村上　そうですね、そこは想定されていないです。徹底的に父権的で家父長的な枠組みの中で考えていますね。これは、ずっとフェミニズムの文脈で批判されてきたことです。ただ、僕が好きなのはジャンプするきっかけがどこかに転がっているという読みができるということなんです。

ジャンプ・跳躍

宮地　ちょっと話がずれるかもしれないけど、ジャンプするとか跳躍するとか、私も好きなんです。頭がいいとされている人たちの中にも、優等生で真面目で実直で着実なんだけど面白味がないなぁと感じる人と、飛び跳ねているなぁと感じる人がいて、やっぱり飛び跳ねている方が面白いんです。それって何なんだろうなと。何をもって飛び跳ねていると私が思っているのかがもう少し言語化できるといいのかな。

村上　跳躍できる人……何でしょうね？　きっと飛び跳ねている本人は自分のことを飛び跳ねているとは思っていないし、そう思う人は偽物な気もするし。ある決まったところにとどまる人とは違いますよね。

宮地　そうね。一つは学問の枠にとらわれないで自由に他の分野のパラダイムでも考えられたりするっていうのはありますよね。

村上　逆に徹底していった時にそうなっている人もいますよね。ウィトゲンシュタインみたいな人ってぶっ飛んでますよね。

宮地　とことん突き詰めて飛んじゃう人もいれば……、アンラーニングがわりと軽くできる、というのも大事かもしれないですね。教えられたことから自由になったり、カテゴリーから自由な発想になれるというのはとっても大事ですよね。例えば、お料理にしても想定外の素材が組み合わされていたり、普通の盛り付けと違っていたり。あと何かを使うときに本来の目的じゃなくて、別のためにそれが使えるっていうのもありますよね。

　これは、私の元学生の話なのですが、一緒に旅に出ていた時に、泊まる場所の鍵のホルダーの付け根の部分が少し尖っていて、私が手を怪我しそうになって「これいやだなぁ」と言ったら、その人はバンドエイドを出してそれで包んでくれたんです。そこでバンドエイドを使おうと思えるのは、頭が本当に良い柔軟な人なんだなって思いました。指に貼るためのものという発想から抜けたら、接着力があって包み込めるわけだから、まさにぴったりなわけですよね。気づいてしまったら、当たり前に思っちゃうけど。そのあと「これでバンドエイドをせずにすむわけね」と私が言ったら「先生らしい返しですね」みたいなことを言われたのですが。そういう、器用仕事、ブリコラージュは、ある世界の分類を知らない人の方が案外できるかもしれない、と思います。分類を知ってしまうと、そこから抜け出すのはなかなか難しい。

村上 それって最初に僕がした話とつながりますね。指のケガに貼るものであるはずのバンドエイドを、ケガをさせるキーホルダーにとりつけるブリコラージュでルールをはずす。ルールをはずれたオリジナルな使い方を見つけたことで「バンドエイドをせずにすむ」という解決＝主体を生み出している。ブリコラージュで新しい世界の組み立てを見つけだすことが自分自身を見つけだすことでもある。

宮地 それを個人でできることもあれば、誰か別の発想の仕方を持つ人が一緒にいるからそれぞれの枠から自由になることもあるし、窮地に追いやられて精神的な余裕がない人に対して、ちょっと余裕がある人がいろいろな道具を渡せたりすると、大きなサポートになりますよね。

名前の付け方や、タイトルの付け方などにもはずし方やずらし方のセンスが問われます。凡庸な発想しか思い浮かばない時と、なんか良いアイデアが出てくる時とありますね。あえてはずす方が面白いこともありますよね。

「はずす」という言葉

宮地　私は今日のテーマ、「はずす」っていう言葉自体が面白くて、いろいろ考えてきたんですよ。言葉の意味として「羽目をはずす」「たがをはずす」「音程をはずす」「ボタンをはずす」「的をはずす」「期待はずれ」などいろいろなものがあって、漢字にすると「外す」ですよね。しかも「当たる」が反対語になるので、意味が深い言葉だなと思ったんです。要するに私たちは暗黙で何かを想定、予想、予測していて、それと合わない時に「はずれる」という言葉を使う。一方で「はずれる」と「はずす」は分けないといけないのかな、とも思います。

村上　そっか。予測していないものが出てしまったら「はずれる」であって「はずす」じゃないんですね。

宮地　「はずす」はむしろ、あえてはずす、跳躍にも似ていると思うんだけど。「鍵をはずす」や「ボタンをはずす」というときには、固まっていたものが、緩んだりばらっとなったりしますよね。「道をはずす」という使い方だと、逸脱にも関わってくるし、外道《げどう》っていう言葉もありますね。あとは「メンバーからはずれる／はずす」っていう意味では追放といった意味も含む。多義的で面白い言葉だと思いました。

村上　ある領域があって、その領域の外にはずれるのと、「ボタンをはずす」のようにモノそのものがバラけるというふうに分けられるんですかね。

宮地　そうですね。空間的にいうとばらけていく感じで、「期待はずれ」みたいに想定している目標とか行き先とか定まった方向からだとそれる。アディクションなんて、ある意味、道からはずれちゃうんだけど、同時にあるものに執着して、そこから離れられないですよね。

村上　アディクションってどうなんでしょうか。ご本人は道からはずれると思っていないですよね。意識としては取り憑かれている方が大きいんじゃないでしょうか。

宮地　ものにもよるけど、そうですよね。でも取り憑かれることによって、どんどんはずれていくわけですよね。

村上　どこからはずれるかというとやっぱり社会とか規範からですね。でも社会によって苦しめられているからこそ社会からはずれていかないと生きづらい人ですよね。それってさっきのユーモアの話の方向とは違う方向にはずれますよね。

宮地　余裕がないまま、はずれていってますね。

「しらふだと怖い」

村上　この間、授業で渡邉洋次郎さんというアルコール依存症の回復者の方に喋ってもらったのですが、「しらふだと怖い、つらい」と感じていたっておっしゃっていましたね。だから、ずっとシンナーを吸ってアルコールを飲んでいたって（渡邉洋次郎『下手くそやけどなんとか生きてるねん。』現代書館も参照）。

宮地　そうなんですね。「しらふだと怖い」。その感じはよくわかるけど。

　家の中は悲惨だけど、学校ではとにかく人を笑わせる子どももいますよね。笑いで現実をカバーしたり、ピエロになる場合もあります。ピエロは日常ではなくサーカスという非日常の世界にいるという意味で、はずれているし、移動民族的というかその土地に根付かない人たちで。多和田葉子の『雪の練習生』（新潮文庫）はサーカスのクマが主人公なのですが、人間の言葉が使えたり、複雑なはずれ方の連続で物語が成り立っています。ある種の異端、異形の人たちがサーカスの中で見せものになりながら生き延びていくということは、多くの文学や映画で描かれています。そういうことは確実にありますよね。

村上　商品化されることでしか生き延びることができないような形でマージナルになっている。裏表ですよね。

宮地　日本だとありえないけど、欧米だと今でも小人症の人たちが映画で小人の役をやっていたりしていますね。それはそれでありかもしれないし。

村上　組合がありますよね。そういう人たちの権利要求をして出れるようにしていますよね。

宮地　「しらふだと怖い」っていうのと、自分の素の姿をさらすと嘲られたり傷つけられたりする人たちと、うーん。

村上　渡邊さんは「小学生の頃は友達のおしっこを飲んでみたりとかそういうことをしていた」「それでないと友達の中に入れなかった」「自分では友達のおしっこを飲むのとシンナーを吸うのは変わらない」とおっしゃっていました。

宮地　そっか。外から見るとギョッとされて、「その方がよっぽど恥ずかしいんじゃないの」と思われるようなことを逆にやってしまうようなことはありますよね。
外から見るとある種の倒錯的行為でしかないけど、本人からするとものすごく切実で、知られたくないことを隠すためのものであったり、自分の中でそれを感じないためのものであったりはするでしょうね。友達のおしっこを飲むのなんてまさに倒錯行為じゃないですか。周りからは「えっ?」と思われちゃうわけで。でも倒錯行為をやめさせようとするともっと大変なことが起きたりするかもしれないですね。本人が何を恥ずかしいと思っているのかはわからないけど。

村上　でもそうやって「おもろいやつっていうステータスでしか存在し得なかった」というようなことを言っていましたね。あと「しらふの時は社会に消費される」って、すごくわかりづらい言い方でおっしゃっていました。ある種自分が搾取されている感じなんですかね。マージナライズされていることが。

宮地　私はそこまではないけど、さらされるのがつらい感覚というか、「しらふで怖い」っていう感覚はなんとなくわかるんですよ。例えば、自分だけ壇上に立たされた場合、別に何もしなくてよくてもそれだけで消耗していくというか、見られること自体が苦手ですね。同じようなことなのかわからないですけどね。

村上　そういうことなのかなぁ。あとは「勉強とか全然わかんなくて、時間割の読み方もわかんなくて、体育の時に着替えて外に行くとかそういうことも全然わからなくて、全然自分がそこの中に馴染めてなくて」とも言っていて、その話とさきほどの消費の話がつながっているみたいでした。お話をされているときはすごく彼自身が自分のなかに空虚さを感じているように見えました。

宮地　恥ずかしいっていう感覚、ですかね。

村上　洋次郎さんの場合は、おしっこを飲んでいる時よりは、むしろ何もしていない時の方が恥ずかしかったんでしょうね。

宮地　なんか、その場に居たたまれなくて、ばかなことをしちゃうのは誰にでもあり得ますよね。自分が場違いなところに行ってしまったと感じた時に、ますます大変になっていくようなことをしてしまい、ドツボにはまっていくとか。常に場違いな場所に自分がいてしまうっていう感じですよね。「場違い」っていう言葉も面白いですね。渡邊さんを呼んだ理由はあるんですか？

村上　前から彼に呼んでほしいと言われていたんです。彼自身は非常にいい人だし、もちろん僕もこういうテーマはずっと興味があるので。授業自体は「生と死」っていうテーマで、普段の授業は看護の話をしていたんですけど、でもまあいいかなと思って。彼は寂しいんだと思うんです。洋次郎さんとはよく西成で会うのですが。学生の評判はとても良かったです。

宮地　恥ずかしかったり、しらふでいられないと思ったときに、引きこもるタイプの人と、寂しくて人にくっついていく人と、ちょっと分かれますよね。

アタッチメントとタイミング

宮地 あと、もう一つ「はずす」というテーマで、「アタッチメントをはずす」ことを連想しました。

村上 「かわす」みたいなことですかね。

宮地 うーん。「かわす」はするっと抜けるような感じがしますけど、「はずす」はものすごくぎこちなくなるような感じがします。相手が想定しているタイミングで返事をしなかったり、相槌を打たなかったり、少しタイミングをずらすとか。そういうことを結構人間はやっているのではないかと思ったんです。そういうさりげないところで意地悪もできちゃうし、その人を孤独にもさせうるし、アタッチメントが不安定な人ほど相手の反応に対してとても敏感で、「嫌われているのかな」とか、「怒らせてしまったのかな」とか思いますよね。会話のタイミングをほんのちょっとずらすだけで、その人の中で過去にされた意地悪が蘇ってきたり、蘇っているとさえ気が付かずにただものすごく怖くなったりとか、そういうことはあるな、と。

村上 それは、コミュニケーションの中でアタッチメントのひびみたいなものがあらわになるトリガーとして作用するっていうことですかね。

宮地　トリガーにもなり得るし、はずし続ける行為というものがずっと続いたらそれ自体がいじめや虐待になりますよね。子どものアタッチメント研究の中で、養育者が一、二秒返事しない、表情を変えないだけで、子どもがすごく混乱するっていう実験がありますね。つまり、本当に単純にタイミングをずらされるだけで、ものすごく人は混乱するということなんです。私たちもパソコンで作業していて本当に数秒なんだけど本来のタイミングで反応がこないとイライラしたり、不安になったりしますよね。

村上　そっか、だからアタッチメントそのものがタイミングでできているっていうことか。つまり、アタッチメントというのは普通は空間的なイメージ、くっつくとか、包むとかそういったイメージですけど、でも実は時間的な問題で、タイミングが上手くいっていないっていうことなんですかね。

宮地　そうなんです。複雑性トラウマの治療の方法は、リズミックムーブメントとか、一緒に体を動かしたりするような方法が多くて、ある意味それは保育園でやっているお遊びと似ているんですよ。「せーの」で何かを言ったり、順番にものを置いていったり。例えば、「ずいずいずっころばし」といった遊びは、タイミングをきちんと合わせられないとできないですよね。まさに発達特性がある子はすごく苦手だったりして、でもそういう遊びによってタイミングをつかむことが身体化されて、できるようになっていくことがあるんです。アタッチメントはそういうところで育まれていくし、自分も他の人に対して安全なアタッチメントを提供できるのは、タイミングがちゃんとつかめるからなんだと思いますね。

村上　今の議論の流れだと、タイミングをはずしてアタッチメントを壊す、はずすことはトラウマにつながるんですかね。

宮地　うーん、そうですね。でもいい意味ではずすっていうのももちろんあるから、そこまでは言えないかもしれないけど。ある程度安全なアタッチメント、セキュアベース（安全基盤）的なものができたら、そのあとは逆に跳躍できたり、遠くに行ける、危険を冒せる、殻をバリっと破けるようになる。マイクル・バリントが『スリルと退行』（岩崎学術出版社）で書いていますが、遊べるとかスリルを味わうとか、そういうことがありますよね。

村上　そうですね。だからベーシックなタイミングとプラスアルファのはずせるタイミングとで区別できるのかなあ。ベーシックなタイミングがはずれるとトラウマだけど、高次の場合にはよりクリエイティブな遊びになるタイミングのはずすがある、というような。例えば、さっきの当事者研究の場面で、もし向谷地さんが適切なタイミングで答えなかったらトラウマになるわけですよね。ユーモアはあくまで安心感のベースのタイミングを全部とって行った上での話だから……。

逆に宮地さんは臨床の時、意識的に相槌をしているんですかね？

宮地　昔はこまめに相槌を打っていたんだけど、最近はあえて相槌を打たないで聞く時もあるんですよ。患者さんによってはちょっと心配そうな顔をしだす人もいるのですが、でも相槌は打たないけど、適切にちゃんと返せば、聞いているということがわかるし、「この人はそういう聞き方をする人なんだ」ってアジャストするから、不安を与えてないとは思います。でも本当に相槌を打たないだけでそれがトラウマになる人はいますよね。

海外のプロフェッショナルなカウンセラーの友人に私が話をしていて、何にも返事をしないから「聞いてる？」って私がちょっと心配したら、「I'm listenning（聞いてるよ）」って言われたことがあったんですよ。聞かれているっていう感覚を相手にどう持たせるかは文化やジェンダーによってもかなり変わりますよね。

村上　階級的なものもありますよね。

宮地　うんうん、階級もありますね。あと、神田橋條治先生がいろんな種類の「ほう」っていう言葉を相槌がわりに使用することで、いくらでも工夫ができるっていうのを書いていて、それも面白いと思いましたね（『追補 精神科診断面接のコツ』岩崎学術出版社）。

世界からはずれる、世界をつくる

村上　僕、「はずす」というテーマで、はずれることの一つのあり方を考えてきたんです。一方で忌み嫌われる汚穢《けがれ》、タブーになる存在にもなり得ながら、同時にある種の力の源泉、あるいは共同体を支えるシャーマンにもなるという両義的な存在の話です。例えばメアリ・ダグラスの『汚穢と禁忌』（ちくま学芸文庫）に書かれている「センザンコウ」という生物があげられます。「センザンコウ」は鎧があるからトカゲみたいに見えるのですが、実は哺乳動物で、一匹しか子どもを産まないんです。しかし、一匹しか子どもを産まない哺乳類は人間しかいない。だから『汚穢と禁忌』に出てくるレレ族は、動物ではない分類が不可能な存在として「センザンコウ」を扱っているんです。その民族では「センザンコウ」をありがたがっていて、成人になる時のイニシエーションで選ばれた若者が、秘儀で「センザンコウ」を食べる。そうすると多産が約束される。つまり、共同体のいろいろな分類体系の外側で多産、リプロダクションを支えるようなポジティブな存在として扱われている。だけど、「センザンコウ」そのものについてはみんな「ご先祖様の秘密だから言わない」と言って語らないんです。他の動物についてはいろんな伝承や説明があるのに、「センザンコウ」については語られずに穴が空いている。世界の分類体系を揺るがす「センザンコウ」のような存在が世界全体を基礎付けているような位置にあるはずれ方があるんだ、と思いました。

宮地　先ほどの、分類の話や、タブー侵犯の話とつながりますね。

村上　それともう一つ、九鬼周造が『偶然性の問題』（岩波文庫）の最後で論じている「原始偶然」についてです。偶然は、「定言的偶然」「離接的偶然」「原始偶然」の順にあります。「定言的偶然」は「たまたま今日雨が降った」というように、因果律に回収されるもの。「離接的偶然」は宮地さんが最初にされたヘンリー・ジェイムズの話と重なっていて、別の人生もあり得たけども、僕はこっちに進んでこういう人生になった、だから枝分かれになっている、というような偶然です。それに対してその根本には、生まれちゃった、あるいは世界が始まっちゃった、という「原始偶然」があります。つまり「原始偶然」とはあらゆる因果律からはずれているし、枝分かれしたわけでもなくて、ただ生まれちゃった、そこが始まりなんだ、ということです。だから偶然なんだけどある意味生まれた人にとっては必然だし、世界はそういうものに支えられている、ということです。

まとめると、世界の秩序をはみ出て揺るがす「センザンコウ」と、そもそも世界が始まること自体があらゆる因果律を超えたもの、はずれたものがないと、世界がそもそも始まらないのではないかってことを考えていました。

宮地　そうですよね。まあ、受精の時も、すごい数の精子から一つだけが卵子の中に入っていくわけだから、それは当たりとも言えるけど、確率的にはものすごいはずれですよね。だから生まれること自体が非常に奇跡的というか、偶然というか、はずれていて……。

村上　そうですし、僕が生まれちゃったこと自体は説明のしようがないというのが、ただ面白いなって思います。

宮地　南方熊楠も「偶然と必然」について語っていますよね。糾《あざな》える縄のようなっていう。

村上　なるほど、つながる感じはしますよね。九鬼も最後に偶然と必然を重ねるので。

宮地　そうですね。みんな最終的に偶然と必然が混じり合っていると結論付けざるを得ないとは思うけど。

そういえば、先日クイーンの映画「ボヘミアン・ラプソディー」（2018）をはじめて観たんですけど、その歌の中に「I don't want to die. I sometimes wish I'd never been born at all（死にたいわけじゃないけど、生まれてこなければよかったと時々思う）」っていう歌詞があったんです。以前の対談で反出生主義の話が出ましたが、そのあとに映画を観て思ったことが二つあるんですよ。一つは、主人公のフレディ・マーキュリーは隠しているけどゲイなわけですよね。両親はゾロアスター教徒のペルシャ系移民で、その出自を彼は嫌っている。二重のマイノリティ性を抱えているわけで、そのことに対して「自分が選んだ訳じゃないのに、なんで自分はこういうふうに生まれてしまったんだ」という意味で捉えうるということ。もう一つが、「自分の身体は神のものであって、自分で勝手に処分しちゃいけない、それは罪深いことなんだ」という認識ですね。自殺が心の本当に深いところで罪だと思わされている。それなら確かに、生まれてこない方がよかったって思うかもな、と思ったんです。よっぽどつらければ死ねばいいと思えるのと、一度生まれたら死んじゃいけないというのでは、全然違いますよね。日本だと、自殺がどこかで美化されていたり、少なくとも罪ではないので、映画を観ながらそういう文化的・宗教的背景による違いを納得させられたんです。

村上 しかもこれは自分で殺しているのですね。「Mama, just killed a man. put a gun against his head. Pulled my trigger now he's dead（ママ、人を殺しちゃったよ。銃を彼の頭に突きつけて。引き金を引いたら彼は死んだんだ）」っていう歌詞があります。

宮地 自分で自分を殺していると解釈できるわけですが、本当のあるべき自分を殺して生きているということなのか、実際に自殺をするという意味なのか。現実の人生なのか、幻想なのか。歌詞の他の部分を見てみると、見逃してくれ（let me go）、いや見逃さんぞ、という神とのやりとりもあって、過ぎ越しともつながってくる感じがします。エイズに罹患したということも関係しているでしょうし。スカラムーシュというピエロも出てきますね。

ということで、自分が生まれてきたのも偶然だし、自分として生まれてきたことも偶然なわけですよね。でもそれを引き受けなきゃいけないということが、原始偶然、生まれてきてしまったことですよね。

村上 はい。しかもそれは、はずれるという形でしかない。もしはずれじゃなかったとしたら、自然現象の因果律ですよね。

宮地 でも、基本的には生まれてきた人は当たって生まれてきたと思っていて、はずれた人は生まれてこないと思っているんじゃないのかな。

村上 どうなんでしょうか。でも生まれなければよかったって考える人も結構いますよね。

宮地 その場合ははずれくじ？

村上 そうなりますかね。それと「親ガチャ」っていう言葉もはずれくじの文脈で使われますよね。

宮地 「親ガチャ」は、すごい言葉ですよね。はずれくじでも、生まれてきた方がいいと思えるか。うーん。いろんな場面でくじ引き的なことってあって。ただ選択肢もその選択肢を選んだから確実にこうなるというわけではなくて、こっちを選んだらこういうふうになる確率が高くなるだけということがほとんどで、そういうことが永遠に続くわけですよね。

村上 でも九鬼が言っていたのは枝分かれしていくようなくじの偶然を成り立たせるためには、最初の一撃として原始偶然が必要だということなんですね。だからそれはすごく差があります。

宮地 それはそうかもしれないですね。だとしたらどうなるんでしょうね。

村上 どうなる⁉ どうなるんでしょうか。

宮地 だとしたらせっかく生まれたんだったら頑張って生きよう、とか……?

村上 でも、そういうふうには九鬼は思っていなかったんだと思います。「そういうもんだな、人生」みたいいな。「いき」の構造の人なので。(注2)

宮地 そうですよね。がんばっちゃうと「いき」にならない、はずれないと「いき」にならないでしょうしね。

曖昧な存在を考える

宮地 メアリ・ダグラスの書いた「センザンコウ」に関しては人類学的なリミナリティや通過儀礼の議論の中で、どっちつかずのものがタブーにもなり、かつある種の権力や、聖的な価値を持つということはよく言われますよね。結界とか苦海とかそういう場所に、例えば遊女のような存在がまさに両義的な意味合いを持って現れるというか。

村上　前の回でもお話したんですけど、『「ヤングケアラー」とは誰か』(朝日選書)でお兄さんが長期脳死になった方にインタビューをしたんです。その方が小学生の時にお兄さんが倒れて長期脳死になって、それが怖くて仕方がなかったみたいなんですね。お医者さんは「脳死状態だ」って言っていて、でも親は「(お兄さんは)生きようとしている」って言って一生懸命看病している。しかし、当時小学生だったその人は「これはどういうことなんだ」ってずっと考え続けていたという話をされていたんです。だから、まさに生きているのでもない、死んでいるのでもない、異様な状態で……。そういうものは子どもだと耐え難いですよね。

宮地　うーん、大人でも耐え難いし、そういう存在の人が家にいるということを外の人に説明することも難しいし、言われた方もどうしたらいいかわからない、というようなことがありますよね。「あいまいな喪失」という概念の中に、行方不明になった人たちのように、そこにいないんだけどいると家族が感じるというのもあるけど、逆に認知症などで、今ここにいるんだけどもうその人はいないと家族が感じるというのもあります(ポーリン・ボス『あいまいな喪失とトラウマからの回復』誠信書房)。そういう場合、その人がいるとしていろいろなことをやっていくのか、いないものとしてやっていくのか。本当に家族の中でも合わせるのが難しいし、外に対しても伝えるのがなかなか難しいですよね。

村上　そのご両親みたいに、「（お兄さんは）生きようとしているんだ」って言って一生懸命看病するのか、臓器移植に持っていくのか、どっちかですよね。だけど、子どもだったその人は曖昧なところに留まり続けてしまう。その人は、二〇年以上ずっと考え続けることになってしまったみたいです。

宮地　そういう運命を与えられてしまったこともね、選べる話ではないし。たぶんその人が友達に「兄弟いるの？」って聞かれた時にいつも悩むと思うんですよね。そういう人は実は多いかもしれないし。

以前海外で知り合った人が子どもの話をされたので、「お子さん何人いるの？」って聞いたら、「二人だけど三人」みたいな言い方をされたことがあったんです。「一人は事故死で亡くなっているんだけど私にとっては今も三人なんだ」と親しくなってから話をしてくれたんですけど。私にとっては軽い質問だったのが、その人にとってはものすごく重い問いだったんですよね。二人なのか三人なのかを選ばなきゃいけないわけで。単純な数なんだけど、そこに非常に深い存在的な問いがある。軽くは言えないようなことって多いな、と思いました。

あとは、汚れたもの、『汚穢と禁忌』の「汚穢」の方ですね。リミナルなもの、どっちつかずのものを汚らしいと思ってしまうのはどこからくるのか。髪の毛が身体についている時と、抜け落ちた時では意味づけや分類が変わったりとか、そういう話ともつながってくるだろうし。人間の忌避感とか差別意識には、非常にそういうものが影響していますよね。

ゴドーを待ちながら

村上 先日サミュエル・ベケット『ゴドーを待ちながら』(白水Uブックス)を読み直したんです。それを読んで思ったことは、意味をなさないことでどんどんはずしていって、それがなんだかわからないんだけど、それがクリエイティブっていうことなのかなと。基本的にナンセンスじゃないですか。だから意味がないことが意味なのかなと。

宮地 うーん。でも、私は『ゴドーを待ちながら』を読んで、この二人仲良いなって思ったんですよね。変な言い方なんだけど、アタッチメントがはずれているようで案外はずれていないというか。時々どっちかがはずれて、舞台の袖から消えていなくなるんだけど、でもやっぱりなんか基本的信頼があってちゃんとつながっているんですよね。そう意味では不条理ではなくて、心温まる作品でした。

村上 なるほど、そういうふうに読めるんですね。基本的にはアタッチメントは成立していて、その中ではずれたりいなくなったりするんですね。

宮地 そう、だから必ず戻ってくるんですよね。あんまりそういう読み方をされないと思いますけど。

村上　なるほど。新しいですよね。

宮地　うーん。心温まる話っていう変な読み方をしてしまって。人生ってみんな待つだけで何にもできないことって多いでしょ。だから、『ゴドーを待ちながら』は人生の寓話なんですよね。待ち続けるしかない時もたくさんあり、待ってもいつまでも来ないこともあり。でも一人じゃない。あと、悪人がいない感じがして。裏切りはないでしょ。

村上　叩かれたりする人物はいますけど、裏切りとかはあまりなく、徹底的にシュールですよね。

宮地　そうなんですよ。まあ、私の世界観があまりに外傷的なのかもしれないけど。

村上　でも宮地さん独特の読み方で面白かったです。すごく意外なリアクションで、そういうふうに読めるんだ、って。

宮地　そうなのかな。良いアタッチメントの二人じゃんみたいな。舞台からどちらかがきえるんだけどなんとなくつながっていて、それ以上は離れなくて、ちゃんと戻ってくる。友情の物語なのかもしれません。

（注1）ブルース・フィンクはラカンの『セミネール』11巻『精神分析の四基本概念』で転移および「知っていると想定される主体」としての分析家を論じた。17、18章（小川浩之他訳、岩波文庫、下巻）を参照しながら次のように述べている。「被分析者のディスクールに「句読点を打つことpunctuating」や、それを「区切ることscanding」というラカン的実践は、被分析者をディスクールから切り離し、被分析者を分析家の欲望という謎に直面させる役割を担うのである。分析家の欲望は、被分析者がそれがあると信じている場所には決してなく、それゆえ謎めいたままであり続ける——そして被分析者たちはその欲望を見抜こうと身を粉にする。そのかぎりにおいて、被分析者の幻想は分析の状況においてくり返し揺さぶられる」（ブルース・フィンク『後期ラカン入門』人文書院、一〇三頁）

（注2）九鬼研究者で早逝した宮野真生子は異なる見解をもっていたようだ。治療の選択やACPでリスク論として問われる離説的偶然と対照しつつ生まれたという原始偶然を生の絶対的な肯定として捉えていた（宮野真生子・磯野真穂『急に具合が悪くなる』晶文社）。

第6回

「きえる」

記憶と圧力

2022年6月5日（日）

5月広場の母たち

宮地　では今日は、私が先にいくつかお話しましょうか。私は「きえる」というテーマで三つ思いついたんです。きえるには、例えば傷跡がきえるとか、いい意味ももちろんあると思うんですけど、私自身つらい話ばかり聞いてきたのでどうしてもつらい話になります。

一つ目は、もうだいぶ前ですが、アルゼンチンでの軍事政権の頃（1976-1983）の話です。軍事政権下で学生運動をやっていた人たちがたくさん殺されたんですね。殺されたといっても、いなくなって、どこにいるかわからなくなったんです。「ディスアピアランス」というんですけど、とにかくきえる。殺されたのはほぼ確実なのに、死体さえ消される。失踪とも捉えられるけど、実際には消滅させられている。その人たちのお母さんたちが、何十年経っても毎週市民広場で集まって、自分の子どもたちの写真をプラカードにしながら運動をやっているんです。私はそれに関心を持っていて、一〇年ほど前に学会でブエノスアイレスに行った時にその団体に連絡を取って、自分の息子や娘がいなくなってしまったお母さんの集まりに参加させてもらって話を聞いたり、それから残された家族の相談にのっている精神科医の人たちに話を伺ったりしたんです。

単に殺されるんじゃなく、その経緯さえうやむやにされ、存在を消される「ディスアピアランス」

は、アルゼンチンだけじゃなくて、他の中南米の軍事政権下やアジアでもきっとたくさんありますよね。そして、どこかで生きている可能性だってゼロではない。残された人たちがその後どう向き合っていくのか、社会の中でそのことをどう忘れないようにするのか、修復なんて不可能だけど、社会の中でどう修復を模索していくのか、そういうことに関心がありました。

村上 「G20厳戒下「5月広場の母たち」は2120回目のデモ」という記事がありますね（『朝日新聞デジタル』二〇一八年一二月一日 https://digital.asahi.com/articles/ASLCZ21LHLCZUHBI008.html）。

宮地 それです、それです。三角巾をお母さんの象徴としてそのグループのトレードマークにしているんです。お母さんってあまり政治的な活動存在だと思われないじゃないですか。なので、それを逆手に取ってその活動をしていて。私も最近は追いかけていないので、今どうなってるのか詳しくは分からないですが。高齢化されているし。年代的にはかなり前ですよね。

村上 さきほどの記事は五年前のものですけど、四一年以上続いていて、会長は八九歳って書いてあります。だから今お母さんたちは九〇歳以上ですね。

宮地 生き延びた女性の一人がちょうど、裁判で証言をしていて、それも傍聴させていただきました。みごもっていた子どもを収容所でほとんど介助なしに出産したという壮絶な経験をされた方ですが

(Marguerite Feitlowitz, *A Lexicon of Terror*. Oxford University Press)、とても感じの良い柔らかい雰囲気の方でした。印象に残っているのは、その女性も、その女性を支えてきた精神科医たちも、とてもユーモアにあふれた方たちだったということです。いつもミーティングは笑いであふれていて、だからこそ長期間続けてこられたんだろうと思います。そうじゃなきゃ続かなかったということかもしれません(林みどり「「失踪」——新自由主義と「むき出しの生」、あるいは表象不可能性をめぐる問い」『ジェンダーと表現』二〇〇七年三月も参照)。

聖別・選別・復旧・抹消

宮地　二つ目は、『傷を愛せるか』(ちくま文庫)の二一〇ページでも引用しているんですけど、ケネス・フットという研究者が『記念碑の語るアメリカ』(名古屋大学出版会)という本で、暴力的な大きな事件が起きた時に、その場所がどういうふうに変わっていくか、景観が変わっていくかについて書いているんです。「聖別」「選別」「復旧」「抹消」の四つに分類されて、「聖別」っていうのはサンクティファイね。記念碑や慰霊碑を立てて、そこを特別な場所として祀り、祈りを捧げる場にするといったものです。その逆が「抹消」。事件の痕跡が全部消されて、その場所がなかったことにされるっていう意味です。場所や風景そのものが消される。その間に「選別」と「復旧」があって、「選別」はそこで重要な事件が起きたってことは示すけれど、でも聖なる地みたいに特別で特殊な場所にはしない、というもの。「復旧」というのは、出来事があったその場所そのものはなくならないけど、痕跡を取り払って、もとの状況とか通常の状況に復帰させる、ということです。ひどい出来事の後、特に加害者とされる側がその出来事を消したい場合には、その場所そのものを抹消するということが起きていて、これも世界のあちこちで起きていることだなと思いました。重たいテーマなのですが……。三つ目はあとでお話しできればと思います。

村上　そうですね。すごい重たいテーマで。

「なかったことにしていく」という話は民族浄化の問題ともつながりますよね。ちょうど今、石山徳子さんの『「犠牲区域」のアメリカ』（岩波書店）という本を読んでいるのですが、アメリカ先住民の人々と政府の核開発の関係を描いているんです。アメリカでは核開発、マンハッタン計画、核の廃棄物処理場の全部が砂漠の中にあるのですが、そこは先住民がもともと住んでいた場所なんですね。なので政府は先住民の土地を収奪している。もちろん賛成反対いろいろな運動があったんですけど、政府としてはあたかもそこは無人の砂漠であったかのように振る舞うわけですよね。「元々砂漠で誰も人が住んでなかったから、ここは廃棄物処理場に適してるんだ」というような言い方になってるんです。でも実際に、先住民の人たちにとっては住処であり聖なる土地でもある。一方で、アイロニカルに「その場所が立ち入り禁止区域になったことによって、永遠に保存される」「聖なる土地が開発されて、スターバックスができたりすることなく、聖なる土地のままで保存されることになった」って言う先住民の人もいたりして。すごい曖昧な仕方で消されていますよね。

それに日本を考えても琉球とアイヌの問題につながりますよね。特にアイヌの場合はすでにアイヌだけで暮らすことができる村が消えているんですよね。アイヌの人たちが住んでいたコタン（アイヌ語で「村」という意味）はかなり前から消失しています。さらに母語としてアイヌ語を話す環境を奪われ続けてきた。その結果、日本語を母語とすることを余儀なくされていて、アイヌの人たちは言語復興にとても苦労している。つまり、植民地の問題は必ず何らかの仕方で抹消するっていうことが伴います。特にセトラー・コロニアリズム（入植植民地主義）と言われてるものはそうですよね。

宮地　そうですね。「何もなかったところをヨーロッパ人は開拓した」と語られるアメリカの建国の物語もそうですよね。だけど実際にそこにはちゃんと人々が住んでいたっていう。

ウポポイ

村上　北海道もそうですよね。二〇一八年が「開拓」一五〇周年だったっていうけど、「開拓」じゃなくて本当は「侵略と収奪」が完成してからの一五〇周年です。でもそれはあたかもアイヌの人たちの生活が存在しなかったかのように、原野を開拓したかのように語っているわけですよね。

宮地　そうですよね。先住民の人たちが抵抗して、侵略する側がそれを抑圧して、もう抵抗勢力としては弱くなってから、突然「先住民の文化は大事」と言い始め、観光とつなげたりする。そこには先住民の文化があるから、というように盛り立てたりすることもありますよね。

村上 それこそ聖別、サンクティファイですよね。ある種の。

宮地 ほとんど息の根を絶やしてからもちあげるって感じですね。

沖縄もいろんな記念館があるけど、アイヌのウポポイ（民族共生象徴空間）もそうですよね。学生が環状島モデルを使ってウポポイの研究をして、修士論文を書いたんです（郭柔廷「アイヌにまつわる多様な発話の位置――ウポポイを事例に」一橋大学大学院社会学研究科、二〇二一年度、修士論文）。語られないことがあるという一般的な環状島の使い方もしてくれたんですけど、彼女は独自にウポポイそのものの物理的な配置を環状島になぞらえて分析していったんです。はじめは、現実にある物理的空間に環状島を当てはめるのはうまくいかないんじゃないの、と私は思ったんです。でも彼女の説明では、まったくアイヌの歴史を知らない観光客が来ても楽しめるような場所があり――それが外海から外斜面にちょっと上がっていくようなところで――、だんだん歴史を知り出したら、他のところも見ようと思えるような展示になっていて、遺骨のある場所が一番遠くの山道を二〇分ほど歩かなければいけないところにあって。だからすぐアクセスできる場所と、簡単に歩いていける場所と、それから少し行きづらい場所と、そういうふうに配置されているんですね。見にくる人が最初は「楽しくて、素晴らしい」みたいなところから、だんだん深い内容に入っていくということを、物理的なウポポイの配置と環状島を混じえて論じてくれました。

村上　僕もウポポイには連れていっていただいたことがあるのですが、遺骨のところは中に入れなかったんです。墓所の中は政府が鍵を管理していてウポポイの職員も立ち入れないとのことでした。遺族も自分の親族の遺骨に容易にはアクセスできない。遺骨の問題も全国的には一五年ぐらい前ですかね……、突然浮上したけど、本当に抹消されてますよね。北海道では一部で議論され続けているそうですが。

内海の歴史

宮地　その流れで言うと、カナダの先住民の子どもたちの遺骨がたくさん出ていることが今クローズアップされていて（タニヤ・タラガ『命を落とした七つの羽』青土社）、でも昔から知る人は知っていた。どういうタイミングで社会的にクローズアップされるのかっていうのもかかわるし、クローズアップされてもまた忘れられていきますよね。なんで私こんなに重い話ばっかりしちゃってるんだ……。

村上　うん、一番重いところですね。どういうふうに考えていったらいいですかね。単に人が死ぬだけじゃなくて暴力によって抹消されて、しかも抹消されたそのときにはまったく取り上げられないで、だいぶ経ってから一旦浮上する。誰かが思い出して、またすぐ忘れられる、っていうことですよね。

環状島の内海の歴史版のようですね。環状島モデル自体は、ある意味で一旦時間を止めて空間的にいろいろなマッピングができるっていう話だったけど、それを歴史として考えた時に、内海に落ちている人たちについて何か出てくるかもしれないですね。

宮地 そうですね。水位はどんどん変わっていくしね。動画を作らないといけないですかね（笑）。

村上 プリーモ・レーヴィが当事者たちは全員消えてしまっているから「アウシュビッツについては証言が不可能である」と言ったことにつながりますよね。

宮地 そうですね。『環状島＝トラウマの地政学』の一番最初にプリーモ・レーヴィの引用をしました。「年月が経ち、今日になってみれば、ラーゲルの歴史は、私もそうであったように、その地獄の底まで下りなかったものたちによってのみ書かれたと言えるだろう。地獄の底まで降りたものはそこから戻って来なかった。あるいは苦痛と周囲の無理解のために、その観察力はまったく麻痺していた」（『環状島＝トラウマの地政学』新装版、みすず書房、二頁、引用元は、プリーモ・レーヴィ『溺れるものと救われるもの』朝日新聞社、一二頁）でした。

村上 環状島の内海で時間が隔たった時に、どの場合も何らかの痕跡として浮上してきますよね。当事者ではなくて、5月広場の母たちであったりとかプリーモ・レーヴィであったりとか。

宮地　そうですね。本当は当事者なんだけど、ある意味代弁する存在でもありますね。「必ずどこかには痕跡は残るんだ」「完全犯罪は不可能なんだ」というようなことを精神分析系で言っている人もいるけど、でも現実にはね、完全犯罪いっぱい起きてるよなぁ、と思いますね。

村上　いい言い方ではないですけど、ある意味これって歴史の構成要素なんですよね、きっとね。ベンヤミンが問題にしていたのはたぶんこういう人たちだったんだと思うんです。勝者の、征服した人の歴史ではない歴史を考えようとしていたので。だから歴史が書かれて伝承される時には必ずその外側に消された人たちがたくさんいて、だから裏面の歴史を作る、その内海の歴史みたいなものができているってということなんでしょうね。

家族の歴史

宮地　そうですね。森茂起さんと中村江里さんと竹島正さんが中心で、「日本における第二次世界大戦の長期的影響」にかんする研究会をこの一、二年やっていて、私もコメンテーターで一回呼ばれたんです。第二次世界大戦について世間が関心を持つのにもいくつか波があります。一九九五年は五〇周年でものすごく盛り上がって、たくさんの証言が出てきて、本やドキュメンタリーなどになりました。その後はちょっと関心が下がりましたよね。近年は、実際に戦争を経験した人たちが、自分が死ぬ前に語っておきたいということで語るという波もあって。それから子どもから親には直接聞きづらいけど、孫世代が祖父母に積極的に話を聞くというのも一つの波としてあったと思うんです。一方で、親が亡くなって、当事者がいなくなってからやっと話せる話っていうのも結構ある。村上春樹の『猫を棄てる』（文春文庫）も兵士だったお父さんのことを書いてるんだけど、お父さんが生きてる間はいくらフィクション化してるとはいえ、やっぱり発表したくなかっただろうし、できなかったっていうこともあるのではないかと思います。当事者が亡くなったあとだから、次の世代が比較的自由に話せたりすることもあるのかな、って。歴史の中できっといくつもの波があるんだと思います。

村上 いったん消去されてもいろんな回路で、間接的に甦る通路はあり得るっていうことなんですかね。

宮地 そうですね。でも全然別の形で現れることもありますよね。例えば家族のいさかいとか。そこまで話を広げちゃうとよくないかもしれないけど。

村上 いや、すごいよくわかります。

宮地 家族の歴史なんて本当に語られない出来事がたくさんあって、昨日たまたま雑誌の『母の友』を読んでいたんですけど、その中で「自分の父親のことを何もわかっていなかった」という主旨の短いエッセイがあったんです。お父さんが亡くなったあとに、お父さんが一六歳から一七歳の時に書いていた日記を見つけて、それを読んだら、戦時中で「又1日、命が延びた」というようなことが書かれていたそうで、自分は父親のことを何もわかっていなかった、と（小林エリカ「連載・母の冒険　第15回　理解」『母の友』二〇二一年七月号）。小説やフィクションだったら、伏線としてあったことも最後に種明かしされるけど、現実の家族の歴史では種明かしされないいまどんどん過ぎていきますよね。もちろんどこかで必要性があって聞くことになったりするとき、例えば子どもが症状を出して、家族歴を聞かれることもあるだろうし、家族の誰かが事件を起こして警察や検察や弁護士や裁判所で家族のバックグラウンド、事件の背景みたいなのが求められるときにある程度浮上することはあるでしょうけど、でも事件化したり事例化しなければ誰も見ることなく過ぎていきますよね。証人もいないまま。家族でお互いが証人にはなっているかもしれないけど。

村上　でも、どうなんですかね。逆に、例えば、戦争などで大きなトラウマティックな出来事があった時に、それが症状という仕方で次の代に痕跡を残すのでかえって言挙げされるというか、記憶に浮上し得るかもしれないいかなって思ったんですけど。場合によっては次の世代の人ですらまだはっきりと言語化されなくても、次の次の世代の人にいたってようやく虐待の被害だったり心身の症状だったりからSOSが出る。そこからたどっていくと祖父母の世代に突き当たる。だとすると、どうやっても何か問題が表面化してしまう。それをたどるとそういう過去が出てきてしまうのかもしれないなって。

宮地　うん、そうですね。でもね、今の精神科医療のＤＳＭ（米国の精神疾患診断・統計マニュアル）中心の診断だと現在像しか見ていないからね。もちろん心ある人は臨床や福祉の現場でも、法律の現場でもやっぱり家族歴や周囲の事情をちゃんとつかもうとしますよね。そうしないと理解もできないし。

村上　そう考えていくと、今日の宮地さんのお話は、抹消させるためにものすごく強い力、暴力が働くけれども、同時に抹消に抗う想起の力も世代を超えて働くとも言えそうですね。アルゼンチンの母親たちやプリーモ・レーヴィだったり、今おっしゃったような臨床場面でもそうですよね。

宮地　そうとも言えますね。ただ抹消されたって言えるということは、抹消されたという事実が抹消されてないということですから。抹消されたという事実ごと抹消された場合は、何も残らないわけです。一方で、忘れ去られないためには一時期潜伏しなきゃいけないのかもしれない。

村上　そうですね。今日の事例は多くがいったん消失する時期があるというものでしたが、もしかすると完全に消失した死者たちもいるかもしれない。あたかもそれは裏面の歴史のダイナミズムになっているかのような。

僕、この部分はすごい興味があります。自分の力がまったく及ばないので、森先生とのご研究の成果は楽しみですね。

宮地　なかなかディープですよ。まさに第二次世界大戦の体験者がほぼ亡くなっていく今の時期に、長期的な心理的な影響や世代間連鎖みたいなことをテーマとしていました。あとどういうふうに証言活動がされるかとかね。今日の話とかなりつながっていきますね（竹島正・森茂起・中村江里編『戦争と文化的トラウマ』日本評論社）。

もう一度浮上する

宮地　さっきはネガティブな言い方をしましたけど、抵抗勢力として弱くなってから持ち上げられるというのは、征服された側からすると、ある意味で残されたごくわずかなチャンスでもあるわけですよね。そのときに何を表現するのか、ウポポイもそうだけど、少数民族などのミュージアムが果たす役割としてとても大事だし、みんな悩むところだと思うんですよね。どれだけひどいことをされたか分かっていながら、何も知らない観光客が観光として訪れるミュージアムにおいて、どんな表象をするのか。当事者のことや、暗くて長い歴史を知っている人ほど悩んじゃうというか、来館者も増やさなきゃいけないからあんまりディープな内容ばかり展示できないとか、でも楽しく明るい展示を作るとそれは裏切りにつながるとか、そういう葛藤があるのではないかと思います。

村上　そうですよね。だから植民地主義であることを抹消するための装置だという批判はきっとありますよね。あとは、アイヌ文化振興法以降、現在もアイヌの人たちがたくさんいるから、その人たちが政治的な運動をしないための装置だ、というように語ってる方たちもいますよね。当たり障りのない文化事象に押し込めたっていう議論はあるみたいですね。

宮地 批判するのは簡単だし、実際そういう批判は当たっているとも思うんだけど、でもそれをしなかったら本当に抹消されるし、次の世代に残らないってことですよね。

村上 アイヌの出自のある石原真衣さんがアイヌ文化振興法に批判的な視点をもちつつ「こういう動きがあったおかげで私たちの世代が力を溜めることができた」「アイヌ文化振興法のように文化に焦点化する流れがあったおかげで、若い世代がそれに守られて、語る準備をできた」という言い方をされてました。

宮地 そうなんですよ。たぶん常に批判はくるけど、でもそのチャンスを生かす必要っていうのはあって。それは震災後のミュージアムもそうだし、もちろん沖縄もそうだし。

村上 そうですね。ウポポイの場合は実際にアイヌの出自のある人たちがたくさん雇用されているそうなので、そういう側面もあるんでしょうね。

宮地 ただ、その出自の人が雇用されていたら、それで本当にできたことになるのか、とも言えますけど。

村上　でも当事者が研究するって重要ですよね。植民した側じゃなくて、学芸員として出自のある人たちがたくさんいるっていうのが重要なポイントですよね。

抹消の記録

村上　僕、大阪にある国立国際美術館に時々行くんですけど、最近見た常設展示のなかに神戸の震災のあとをずっと追いかけている写真が飾ってあったんです。写真自体は現在の風景で、駐車場とか普通の住宅の写真なんですけど、九五年の時には、そこは遺体の霊安室だったとか、ここは救護所だったとか、そういう記録なんですね。全部、当時重要な場所だったところの今の姿を撮っている。だから写真自体を見たら本当に何でもないただの町の写真なんですけど、それも抹消されたものの記録の仕方だな、って思ったんです。

宮地　そうですね。それも、本当はこんな場所だったんだっていう情報をどういう形で提示するかにもよりますよね。過去と現在を両方並べて展示するような方法もあるだろうし、テキストだけっていうのもあるだろうし。二重写しするという方法もあるだろうし。いろんなアーティストたちがいろんなことをやってますよね。消されていくものの痕跡をどう残すかっていうことや、それをどう表象するかっていう模索はあちこちで起きているわけですね。

村上　案外暗い話じゃないって言ったら変だけど、消失に抗う力の話になってますね。

宮地　うん。それは幽霊や亡霊としてあちこちから過去が立ち現れるってことでもありますよね。それが作品という形で現れることもあるし。ウポポイにも歌や踊りがありますよね。それも、抹消から逃れる方法の一つなんだろうなと思って。

私、数年前にニュージーランドに二ヶ月半ほどいたんですけど、ニュージーランドでもマオリの人たちが今も社会的に差別されているんです。マオリの人たちが多く住んでいる場所にはテーマパークみたいなところがあって、その中で踊りや歌を見せたり、木彫りなどの伝統的な技術を若い世代が教わって、継いでいくっていうこともしているんです。観光地化、観光資源化されているという意味ではネガティブにも捉えうるけど、今まで継がれなかった技術がそれによってなんとか受け継がれたり、マオリの若者たちのプライドにもつながったり。踊りや歌などのパフォーマンスも本当に観光資源として消費されているんだけど、かろうじてそこから伝統的な儀式の意味を教わることができる。ポジティブなイメージが外に対しても中に対しても発信されているんですけど……。両義的ですよね。

村上　ふと思ったんですけども、人権について意識の高い地域って、抹消の問題がより先鋭化するかもしれないですね。例えば、カナダ自体はすごく人権に対する意識があって、先住民の保護を謳っているはずなのに、先住民の子どもたちが誘拐されて殺されていくというようなことがたくさんあって……。

宮地　そうですね。人権意識が高いのにというか、だからこそというか。ニュージーランドにしてもカナダにしても、現実的にはイギリス系の白人中心主義だったし、今もまだまだそうだと思うんですよね。そこで、表向きの顔と現実のギャップが大きくて、その中で起きてきたことが表面化すると、知らなかった人たちが「私たちはこんなに自由でいい国に住んでるはずだったのに」とショックを受けて、問題がクローズアップされることはあるでしょうね。はじめからそういう現実があると知っていた人たちは「何を今更」と感じるかもしれないし、そのまま闇に葬りさりたかった人たちもたくさんいるだろうし。

ニュージーランドは表向きは多言語主義、多民族主義でとても良い印象だけど、実際は先住民差別も根強く、生活格差も大きいです。移民政策も一見オープンなようだけど、短期の人はいくらでも受け入れるけど、長期の人は厳しく制限して収入や健康状態、職歴などがしっかりしてる人しか入れないとかね、非常に排他的です。そういうのはありますね。

記憶がきえる・存在がきえる

宮地　もう一つ、「きえる」というテーマで考えてきたのが認知症などで記憶がきえていくということです。特に若年性認知症の場合、もちろん本人にとってもつらいけど、周りにとっても非常につらい出来事ですよね。

若い女の子が若年性認知症になってしまって、頭の中から色んな記憶がきえていくというストーリーの「私の頭の中の消しゴム」(2004) という韓国の映画があるんです。その映画では、彼女に新しい恋人ができるんだけど、認知症って新しいことから忘れていくじゃないですか。だからだんだん今の彼を忘れていって、元彼のことを自分は好きだと思って行動してしまうという展開もあって、それを今の彼は見るわけですよね。それはとても衝撃的というか、病気のせいだと頭ではわかっていても、耐えがたい、つらい出来事なわけです。

若年性に限らず、近しい人が認知症になったりして、自分のことを認識してくれなくなるっていうのは、もちろん本人もつらいんだけど、覚えられていないこともつらいですよね。自分の存在さえもなくなってしまったような感じとか、その人と紡いだ時間そのものがどっかに行ってしまったような感じがすると思うんです。

認知症に限らなくても、例えば誰かと「あそこに行ったよね」「なんとかしたよね」というような話をしたときに、自分にとってはとても楽しかった記憶なのに、相手に「えー、そんなとこ一緒に行ったっけ」「そんなことあったっけ」と言われるととても寂しいというのはあります。覚えられていないというか、共有していたはずの記憶が共有していたはずの人から否定される、ってことですかね。

村上 共有されていないときえたことになってしまう、ってことでしょうか。

宮地 うーん。何人もの人と共有していて、一人の人は忘れていても他の人が覚えてたらいいけど、二人しか知らない記憶で一人がそれを忘れてしまったら……、もう一人は自分で何らかの記録をしていたらまだいいかもしれないけど、記録していないことの方がほとんどですよね。そのときに「そんなこと本当はなかったのかもしれない」というように、自分のストーリーも覆されちゃうように感じることもあるかもしれないし。

村上 うん。記憶がきえるというよりも、覚えられてないっていうことが問題なんですね。つまり、家族が認知症で、自分のことを忘れるという場合には、僕の記憶がきえるんじゃなくて相手の記憶がきえているときに、きえるのはある意味僕の存在なんですよね。共有している記憶がなくなるのも、脅かされるのは自分の存在なんですね。

宮地 そうですね。自分で覚えていたら良いというだけではなくて、誰かに自分のことを覚えられているから自分の存在はある。
その韓国の映画では、あたかも時間が逆戻りしたかのように、以前の彼との関係に彼女が執着してしまう、近しい人はそれを見なきゃいけない、ある意味タイムトリップ的なところもあるのかもしれないですよね。人とかかわりを持つときって、今、現在の人とかかわりを持つわけですよね。そこから時間をともにして一緒に経験を積んでいく、新しい記憶を紡いでいく、共有していく、それによって二人の歴史が積み重なっていく。だけど、突然それが逆戻りというか、まさに消しゴムで消されちゃう。最近の記憶から順に消されていく。

村上 今の宮地さんのお話、第2回でお話をしていた、エイミー・ベンダーの逆進化の話に戻ってるなって。

宮地 そうか、言われるまで気づきませんでした。面白いね。エイミー・ベンダーと「私の頭の中の消しゴム」がつながっているんですね。さかのぼっていく、遡行していくってことですよね。

村上 エイミー・ベンダーの話が宮地さんとの対談の初期だったから。僕たちの話も最後にちゃんと円環になったんだなぁって。

喪失と消失

宮地　世界から色んなものがなくなっていくっていうことを考えてみると、「喪失」となりますが、それを「きえる」や「抹消」と一緒にしていいんでしょうかね？

村上　ただきえることと喪失と。そうですね、宮地さんはただきえるという方向ではないですよね。

宮地　「喪失」というキーワードから今日の話は出ないですよね。「抹消」や「消失」というキーワードから私は三つのことを考えてきたのであって、「喪失」という言葉から考えてきたのではない。なぜだろう、面白いですね。「喪失」っていう言葉は、持ってるものをなくすような「～を失う」というニュアンスが私にとっては強い。私が今日話をした、誰かがきえるとか場所がきえるっていうのは「～が消える」の話なんですよ。だから「私の頭の中の消しゴム」については恋人にとっての喪失の話に結果的にはなってしまったけど、その女性の頭の中から記憶がきえるというのはどういうことなのか、それが本人や周りの人にどういうことをもたらすのかっていう話をしたかったんです。恋人側からすると確かにそれは自分の一部を喪失することであり、もちろん彼女を喪失することでもあるんだけど、でも喪失にフォーカスをしたかったわけではないような気がします。ウポポイやミュージアムについての話も、誰かが何かを失うということよりも、何かがきえていくということに対して、どうそれに抗うかとか、向き合うのかとか、流されるのかとか、そういうことを考えたかったように思います。でも、ただきえるなんてあり得るんでしょうかね？

村上　今日は僕の話題をまだお話ししていませんが、ただきえるの方から考えてました。

現象学の出発点

村上　暗くないと言ったら失礼ですが、僕はまた全然違う方向性で考えてきました。「きえる」というテーマで最初に思いついたのは音楽のことです。音楽は無音から始まって無音にかえる、基本的に西洋音楽だと必ず音がきえて終わります。そうしないと終わらないので、当たり前のことかもしれませんが。とはいえ、近代以降はきえることを最後に強調する曲が少なくないと思うんですよね。例えばマーラーの交響曲第９番とかチャイコフスキーの交響曲第６番《悲愴》とか、ショスタコーヴィチの交響曲第15番が思い浮かびます。今挙げたのはすべて交響曲ですが、交響曲以外にもきえていくように終わる曲はたくさんあります。少なくとも西洋の近代の音楽はきえてしまうことによって存在をあらわにするような芸術のあり方をしている。だからきえるってことがベースにあるんだと思うんです。

そこを出発点にして、僕の出自の現象学のことを考えると、現象学はきえることを出発点にしている哲学の議論なんだと思うんです。少なくともフッサールとメルロ＝ポンティ、レヴィナスは他の西洋哲学と大きく違います。

例えば、西洋哲学は古代ギリシアのパルメニデス以降「存在する」「ある」ということを出発点にしているのですが、現象学はそれをひっくり返して、「きえる」ことを出発点に議論しているんですね。すぐにきえてしまうけれども束の間現前している現象の仕組みがどういうふうになってるんだろう、と考えたのがフッサールでした。

現象学を確立したフッサール（1859-1938）は、時間の組み立てを「どこかに残ってるんだけど、でもきえていく」ということを出発点として音のメタファーを使って考えています。また、空間も同じように考えます。例えば、今見えている宮地さんの顔と三秒前に見た宮地さんの顔は同じものじゃないはずです。だから今見た宮地さんの顔は三秒後にはもうきえているはずですが、僕は同じ宮地さんと同定して認識するわけです（『イデーンI-1』みすず書房）[注1]。つまり、その都度その都度に見えている「対象」は、その都度その都度「姿」がきえてしまうということを前提として、知覚してるし、時間と空間の構成も成立している。フッサールは姿＝射影（Abschattung）という言い方をしますが、単語を分解するとAbschattungはSchatten（日陰）なので、「陰になっていく」という意味です。あらゆる見えているものは陰になってきえていくし、陰を周りに携えている。きえるってことが前提となっているような哲学なんです。

現象学でフッサールの次はハイデガー（1889-1976）です。ハイデガーは存在の哲学ですが、彼の中で「有限性」というタームがすごく重要です。後期になると「死すべきもの」という言い方で人間のことを表現することが多くなります。彼は「死」というものを、生物学的なものや心理的なものではなく、存在論の水準で議論の重要なモメントとして位置づけるという特徴があるんです。人間が有限であることが「存在する」という出来事へと直面することを促している、それが彼の発想の根幹にあったんだと思うんですよね。彼の哲学の全体をみると、何らかの仕方で「存在する」ことが前面に出てくるんですけれども、それでも人間は有限できえるものであるということがその存在を考えるための出発点とされている。西欧近代哲学が、魂の不死を前提として発展してきた眼差しと大きく異なります。

そこからちょっと話が飛ぶんですけど、最近和歌を少し読んでいて、日本の文学、特に中世の中古の和歌にはきえるっていうテーマがすごく多かったのかもしれないと考えてたんです。小野小町の有名な歌「花の色は移りにけりないたづらにわが身世にふるながめせしまに」は花の色がきえていくことと、自分自身が老いて容色が失われていくことを重ねて詠んでいる。あるいは、「思いつつ寝ればや人の見えつらん夢と知りせば覚めざらましを」では夢で見えている恋人を夢だってわかってたらば目を覚まさないのに、ということを詠んでいて、今自分のところにはいない恋人の面影がきえてしまうっていうことを歌っている。そういう歌がたくさん小町にはあって、「もののあはれ」というのか、平安時代の宮廷の人たちはきえる感覚をすごく持ってたんだろうなと思いました。要するにこれはハイデガーの哲学の「有限性」なんですよね。つまり、生物学的にきえるってことが人間の条件なので、自分自身も他者もきえていくものとして世界を眺めるような眼差しが、現象学や平安時代の和歌にはあるのかな、と思いました。

せっかくなので、現象学を発展させたメルロ＝ポンティ（1908-1961）にかんしても少し。メルロ

＝ポンティはフッサールやハイデガーとは少し違ったことを言っているのですが、彼の主著『知覚の現象学』の中で「消失」がキーになる場面があるんです。メルロ＝ポンティは歴史哲学と自然哲学が混じり合っている奇妙な人でもあるんですけれども、世界がなぜある種の過去性や未来を持ってるかっていうと「自然が浸透しているからだ」という不思議な言い方をするんです。世界は「過去の自然が浸透しているから輝く」と言うんです。自分には知覚できないすでにきえてしまった自然が「地」として背景に横たわっていて、そのような過去の時間という「地」の上に今現在の知覚が「図」として浮かび上がる。(注2) だからノスタルジーは、失われた自然の固有の輝き、世界が失われていくことそのものが世界に対して残すかけがえのなさだと言うのです。消失によって生まれるかけがえのなさみたいなものが刻印されるんですね。

まとめると、フッサールの場合だと「世界がそのまま消えちゃうよね」というところから出発して、ひるがえって今目の前に「ある」とはどういう仕組みなのかを考えた哲学だったと思うんですけど、メルロ＝ポンティの場合には「過去へときえたことによってこの世界が輝く」「存在そのものが、きえることによって力を得ている」という発想です。きえるものの哲学としての現象学の系譜を考えることができるかもしれないですね。きえてしまう時間が「自然」の本性でもあって、この自然が地となって図として人間の生が浮かび上がる、だからきえる過去が土台となってそこから今現在の世界と生が輝くのかもしれません。全然かみ合ってないですね、すみません。

宮地　それはお互いさまなのでね。合いすぎないっていうのも面白いんでしょうし。

そのメルロ＝ポンティの言う「自然」っていうのは、どういう自然のことなのかよく分からず……。

過去はどこにあるのか

村上 それが確定するのがすごい難しいんです。「自然講義（La nature）」という講義録があるのですが、自然科学の議論をかなり使ったりホワイトヘッドを引用したり、膨大な資料を使っていて、メルロ＝ポンティ自身がどういうふうに自然をイメージしてたのかはちょっと曖昧なところがあります。晩年の『見えるものと見えないもの』（みすず書房）でも、人間もひっくるめて自然としてまなざすような、ある種アニミズム的に世界全体を捉えるようなところもあるので、確定しづらいんですけど、僕が言及したところは、人為的ではないいわゆる自然一般のことだと捉えてとりあえずはいいいんだと思います。

宮地 その場合、失われる自然というのは、自分は死んでも自然は残る、樹木の寿命はもっと長かったりするし、というようなものではないんですね。人為的なものかどうかってことですね。

村上 『知覚の現象学』で次のようなテキストがあります。「私が私の生涯の最初の二五年間を困難な離乳に付きまとわれながらやっと一人立ちするに至った、引き伸ばされた幼児期だった、と了解するのは現在においてである。私が己の生きていたままのこの歳月。己のうちに抱き続けているがままのこの歳月を思い返してみる場合、当時の至福な思いは家族的環境に保護された雰囲気というだけのことで説明し尽くされることを拒むものであって、世界そのものがもっとよかったのであり、事物そのものがもっと魅惑的だったのである。私が私の過去を自分がそれを生きていた時に了解していたよりもよく了解しているという確信は設計して持てないものだし、私の過去は抗議するのを沈黙させることをできないものでもある」(『知覚の現象学』みすず書房、二〇七頁)。

つまり愛着の問題とは関係なく、私の過去を美しく感じるのは失われた自然的な過去(過去そのもの)が輝くからだというんですね。今引用した箇所の前ではずっと自然の話をしていて、「私は自然の中に投げ込まれてる」と言っています。私は自然の中に投げ込まれてるんだけど過去や未来もその自然の一部なんだっていう文脈です。私の過去が輝くのは、過去の自然性、あるいは自然の過去性のようなものに由来するんだっていう、そういう議論の組み立てになってますね。

宮地 今、引用を聞いてたら、離乳という言葉に引っかかってしまって……。

村上 sevrage という単語自体は離乳なんですけど、でもそれは愛着の問題がそもそも可能になるのは、消失した過去の上に現在が輝くという存在論的な事実があるからだ、という話なんです。彼は当時、精神分析をたくさん読んでいたのですが、ここでは愛着の問題は心理学的な話だけじゃないだろうということを言おうとしてます。人間には還元できない自然そのものの過去性みたいなものがあって、それが過去を輝かせるっていう、そういう言い方ですね。

宮地　彼にとっての自然が、私のイメージしてる自然と全然違うのかなと思ったり、自然の話をするときに離乳や愛着など心理学的なものと綺麗に分けていいんだろうかというところで引っかかってしまって、何も言えなくなってしまいました。村上さん的にそういう整理をされたんだとは思ったんだけど。私はまた分析の手前でとまってしまいました。

村上　ここでの自然は生理学的な自然という意味ではないですね。僕らが生きていた過去の世界のことなんだと思うんですよね。

宮地　環境ってことですか？

村上　そうですね。人為的な側面を取っ払っても残ってるようなそういう環境なんだと思うんですよね。

宮地　例えば？　森とかそういう話ですか？

村上　森も含まれます。森というか、世界がこのままなんだけどもそれをあたかも人為的ではないかのように眼差したときに残るものというニュアンスですね。それでメルロ＝ポンティの主張と合うかどうか自信はあんまりないんですけど。ともあれ、例えば当時彼が参照していた発達心理学のワロンだけでも説明しきれないし、生理学的な問題でもないし、そうじゃない何か存在論的な自然の水準がある。さらに、消え去った過去という存在論的過去の自然という水準があって、その消え去った過去の存在＝自然が私から見た過去を輝かせる、という組み立てです。

宮地　でもそれは自然がすごいスタティック（静的）っていうか。自然はもっとダイナミックで、どんどん変化するというイメージが私にはあるのですが、今の話を聞いていたらなんか自然そのものがあんまり変わらないようなイメージですね。それであまりピンときていないのですが、村上さんはピンとくるんですか？

村上　あれ、ピンと来ないか。僕はわりとしっくりきます。この部分、僕がかつて学んだフランスの現象学独特の風土かもしれない。もともとフッサールにとっての「自然的」とは現象学的還元をほどこす手前の日常的な態度、世界の実在を素朴に信じている態度のことで、メルロ＝ポンティも当然フッサールを意識はしているのですが、「素朴」というのをラディカルにとらえて人間の手を離れた生成変化だと考えているのかもしれません。

僕の中ではプルーストと近いです。『失われた時を求めて』は九割九分過去について回想していますよね。プルーストにとって過去はものすごく輝いているように思います。あの輝きがどこに由来するのかと問うたときに、プルーストにとっての過去の輝きは発達の話などでなく存在論的に輝く過去という水準があるということなんだと思うんですね。メルロ＝ポンティの言葉だと「自然の持っている過去の自然」なのかな。過去の輝きがどこからくるかというと思い出す人のノスタルジーなどのようなものではなく、過去が持つ自然からなのだという感覚を持っていたのだと思います。

宮地　自然という言葉の使い方が私の感覚とかなりずれてるからかもしれないんですけど、ピンとこない。それに、プルーストは過去がなぜ輝いてるかって聞かれて、自然だからだとは答えないような気がします。

村上　そこはメルロ＝ポンティらしくて、メルロ＝ポンティがプルーストを論じることはもちろんあるんですけど……。

宮地　ただ、安定した愛着のもとで発達していないと、自然や過去の世界に対しても信頼感を持てないことが多いので、メルロ＝ポンティもプルーストも基本的には安定した育ちの人たちなんだろうなと思います。

「きえる」の輪郭をつかむために

宮地　これまでの話を聞いてると現象学は刹那に注目する。刹那という言葉で大丈夫ですかね？

村上　そういうふうに考えることもできるかな、というのが今日の提案です。普通はそういうふうに言わないですけれど。他の西洋哲学は実在とか存在から出発してきたんだけど、でも現象学はそうじゃない形の出発点だと思うんです。

宮地　本当に思いつきだけど、存在の話と利那の話がどうずれるのかが、喪失するときえるのずれとパラレルになってる感じがして、面白いなと思いました。うまく説明ができないんですけどね。

村上　喪失は実在したものが失われる。消失はその利那性ということですかね。

宮地　うーん。さっき小野小町の話も出てきたけど、小町だけじゃなくて、日本文学や東洋系の老荘思想は、利那性や、はかなさ、つかのま性に焦点がある。それは現象学と近い。そんなふうに整理できちゃうなって思ったんですよね。

それと音楽の話の中で、終わりがはっきりした曲について先ほど説明されましたけど、はっきりするものとしないものってどこが違うのかを聞いてみたかったんです。

村上　例えば、民族音楽はずっと奏でている。そういう繰り返される音楽、終わるってことを意識してない音楽があると思うんですよね。でも、西洋音楽の場合には終わることを意識してる。だからラベルのボレロは終わるけど、民族音楽としてのボレロの実演は延々と続いて終わらないかもしれないですよね。なので西洋近代音楽と言ったんですけど、制度化された時にはきえるということが前提になるのでは、と思います。

宮地　でも終わるときえるはまた違いますよね。

村上　そうそう、終わる中できえるっていうことをものすごく強く意識している曲がいくつかあります。一番典型的なのはマーラーの九番だと思います。マーラーは自分が死ぬことを意識していたので、最後はきえるように静かにきえるんですけど。

宮地　さっきの失うときえるの対比もありますけど、終わるときえるの対比もありますよね。やっぱりきえるってとても特殊な用語で、こうやって考えると、終わりがはっきりした音楽と、きえていく音楽はまた違うってことですよね。

村上　そうですね。終わりがむしろはっきりしない音楽なので。

宮地　きえたかきえないかが曖昧な時にこそ、きえるに注目をしてしまいますよね。曖昧な時って耳をすまそうとしたり目をこらそうとして、非常にそこに注目するから。

村上　そうですね。武満徹も同じようなことを木村敏先生との対談で言っていました。「沈黙からどうやって音を立ち上げるかっていうことが音楽の課題だったんだ」と。そのきえているかきえてないかのあわいの部分に焦点化するような曲の作り方っていうのが生まれてくるだろうなと思います。

宮地　うんうん。せっかく今日はオンラインでの収録だから、きえていくのが強調されている音楽を今聴いてみるのも良いかもしれませんね。

村上　ではマーラーの交響曲9番を。めちゃくちゃ長い、一時間半の曲なので最後だけ。

グスタフ・マーラー「交響曲第9番 ニ長調」（指揮：ベルナルド・ハイティンク、ロイヤル・コンセルトヘボウ管弦楽団、一九八七年一二月二五日、アムステルダム）を聞く

予感と余韻

宮地　きえるような音楽の場合って、どこでお客さんが拍手をするのかが、難しいだろうなと思ったんですけど、今見せていただいた映像では、指揮者が指揮棒を落としたからびっくりしました。面白いけど、指揮棒が落ちた音はどうなるんだろう、と。

もちろん音楽は時間の芸術だし、きえる前提ですが、余韻があるじゃないですか。あと「あー、き

えていくなぁ」とか「終わっていくなぁ」という予感もあるのかな、と。

村上 そうですね。予感と余韻って、僕は考えてこなかったですけどきえることに必ず付随しているテーマですね。

宮地 うん。今日はきえるの話をしてるんだけど、対比するためには「消えない」とか「現われる」があって、類義語としては「終わる」「喪失」「失う」があるわけですよね。対比を考えると何かが見えてきそうな気はしているけど……。

村上 きえること自体が、予感と余韻という仕方で実感を含んでいるけれども、さらにきえることの時間が構造化され構成されているように感じました。

宮地 そうですね。単純に「過去・現在・未来」に、「予感・消える瞬間・余韻」みたいに整理はできるんだけど、マーラーを聞いてみたら「消えていきそう」と思ったらまた戻ってきて、また「消えていきそう」と思ったらまた戻ってきて。ギザギザがだんだん縮まっていく感じでした。
亡くなっていく人も呼吸がだんだん浅くなっていって、ちょっと途絶えて、もう「ご臨終です」って言おうかなと思ったら、また息を吸って、ということがあることも思い出したりしました。ぷつんって息が止まるわけじゃないから、似てるなあと思って。

プルーストでもご臨終の話が出てきますよね。『失われた時を求めて』に出てくる祖母。「臨終」という言葉で翻訳されているんですけど、まだ死んでないんですよ。まだ死んでないときから「臨終」っていう言葉が使われていて、私は最初、違和感を持ったのですが、「臨終」というのは「終わりに臨む」だから、まだ終わっていなくていいんですよね。だから死んだ時「ご臨終です」って言うのは、あれは婉曲語法だったのかなと思って。

村上 そっか。すごく奇妙な婉曲方法ですね。

宮地 『失われた時を求めて』においては、祖母が死なないでいる期間が結構長くて、その死に臨んでいる期間に起こる喜劇的なこととか、医者の悪口とか、人間模様がいろいろ描かれてましたよね。死って一見悲劇なんだけど、ある程度高齢だったり、死に臨んでいる期間が長びくと喜劇的なことがたくさん起きちゃうわけですよね。古いですが、南沙織の「人恋しくて」という曲に「暮れそうで暮れない黄昏時は」という歌詞があるんですけど、実際に「暮れそうで暮れない黄昏時」ってあるでしょう。きえそうできえない命であったり、切れそうで切れない関係性であったり、そういう時期が「夕暮れ時・黄昏時」まさにトワイライトゾーンという時間帯なのではないか、と思ったんです。現実の自然の中では一度きえたように見えたけど、そこからまた芽が吹きだしたりとか、死んだと思っていた土からまた生命が生まれ出るようなことはたくさんあるので。でも、自然という言葉でメルロ＝ポンティがそういうことを言おうとしたわけではないよね、きっとね。

村上　でもちょっと、メルロ＝ポンティにもつながるように思いました。人間の有限性の時間と違い、メルロ＝ポンティの自然の中には自然の持っている回帰する時間というような非人間的なものが含まれているので。そう考えると消失した先で何か残っているものがあって、それが現在を可能にしているし、過去が現在に回帰することをも下支えするというようになりそうですね。これが、メルロ＝ポンティの読み方として正しいのかどうか僕も自信がないし、もう一回ちゃんと読み直さないといけないですけれど。

宮地　さっき少しふれた、きえたかどうか分からない時こそ、耳をすますし目をこらすっていうのは大事だと思います。何かに注目してほしい時に声高に叫んだらいいわけじゃないですよね。そういう意味では例えば李静和さんの『つぶやきの政治思想』（岩波書店）のように、つぶやくっていうこととつながってくるなぁって。

村上　きえるっていうその動きがその存在を際立たせているというのは、今日最初から一貫してる話題になってることではありますよね。

宮地　そうですね。存在に注目することと、きえることに注目することって、本当に表裏一体ですね。表裏が入れ替わる瞬間が刹那なわけですね。

（注1）「われわれはひとつの例から出発してみよう。私は、絶えずこの机を見続けるとする。ただしこの場合、私はその机のまわりを歩きまわったり、空間における私の位置をどのようにであれ不断に変化させたりするとする。そのとき私は連続的に、この同一の机の生身のありありとした現存在についての意識を持つであろう。しかもその机はその間、それ自身において全く普遍化のままにとどまる同一のものであり続けている。ところが机の知覚の方は、間断なく変化してゆく知覚であって、それは、変動する諸知覚の一連続である。私が眼を閉じてみるとする。私のそのほかの感官は、机に対しては無関係である。すると、私は、机についてはの知覚も持たないことになる。私は眼を開いてみる。そうすると私は、ふたたび、もとの知覚を持つことになる。もとと同じあの知覚を、だって？われわれはもっと正確に考えてみよう。実は、もとの知覚が戻ってくるとは言っても、その知覚は、いかなる事情のもとにおいても、個的には、同一のものではないのである。ただ机のみが、同一のままなのであり、つまり、新しい知覚ともとのものの想起とを結びつける総合的意識の中で、同一のものとして意識されているにすぎないのである。知覚される事物は、知覚されることがなくとも、つまり、（以前に記述された非顕在性の仕方で）ほんの潜在的にすら意識されることがなくとも、存在しうる。また知覚される事物は、変化することなく、存在することができる。ところが知覚そのものは、その本性上、意識の絶えざる流動のうちにあり、またそれ自身が一つの絶えざる流動なのである。すなわち、間断なく、知覚の今は変遷していって、たった今過ぎ去ったものについての意識へと引き継がれてゆき、活動時に、新しい今が閃き現れる、等々というわけである。〔…〕その色は現出する。けれどもその色が現出しているあいだに、その現出は連続的に変化することができまた変化せざるを得ず、その点は経験に徴してみれば明らかである。同一の色は、色の射映の連続的な多様に「おいて」現出するわけである。これと似たようなことは、感性的性質といったものには当てはまり、同様に空間的形態のどれにもみな当てはまるのである。」（フッサール『イデーンI―1』原著七四頁）

（注2）「生きられたことが完全に了解可能になることなどけっしてないし、私が了解することが厳密に私の生に合致することもけっしてないからであり、結局のところ、私が私自身と一心同体になることなどけっしてないからである。これが生まれてきた存在者、つまり了解さるべき何者かとしてきっぱりと自己自身に手渡されてしまっ

た存在者の運命なのである。自然的時間が私の歴史の中心にひそみつづけているからこそ、私は己れが自然的時間によってとりかこまれていることに気づきもするのである。たとえ私の生涯の最初の数年間が未知の国として私に隠されているにしても、それはたまたま記憶が失われたとか、完全な探検がなされなかったといったことによるのではない。この未探検の地には知らるべき何ものもないのである。たとえば、子宮内での生活においては何ものも知覚されなかったのであり、だからこそ想いおこすべき何ものもないというわけなのだ。そこには、自然的自我と自然的時間との下図以外、何もなかったのである。」（メルロ＝ポンティ『知覚の現象学2』みすず書房、二〇八〜二〇九頁）

あとがき

宮地尚子

対談には予感があり、利那があり、余韻がある。とまえがきに書いた。対談を六回おこなったので、予感、利那、余韻を六回繰り返したことになり、それは、途方もなく重層的で豊かな時間だった。

まえがきでは予感について書いたので、ここでは利那と余韻について書きたい。

まず利那について。ある程度準備はしていくものの、対談は、いざ本番がはじまってしまえば、即興演奏と同じで、お互いの間《ま》を読み取りながら、そのときどきに思い浮かんだ言葉を投げかけあうしかない。

自分の話したいことを考えながら、相手の話していることを聞く。同時に、それにどう答えようかと考える。数分前に自分が話していたことの続きも頭の中に残っている。相手の言葉がじわっと沁みてきて、時間をおいてその話の応答をしたくなることもある。頭の中でたくさんの言葉がせめぎ合う。けれども、幾つもの選択肢の中から一つの応答しか選ぶことはできない。刹那の連続である。

対談が書き起こされた原稿を見て、つまりは刹那の記録を見て、ああ、ここはかみ合っていないな、村上さんの言葉の真意を受け取れていないな、いい話題を振ってくれたのに拾えてないな、と思うことがたくさんあった。

ただ同時に、とても大事なことをたくさん話せたような気がする。刹那だからこそ、話すつもりではなかったことが、ぽろっと口から出てきたりもする。一人でする執筆とは異なる意識の窓が開いて、言葉が出てくる。もしくは相手の言葉が意識のもとを降りていって、深いところで何かに当たり、別の言葉や別の記憶が引き上げられてくる。自分では気づかなかったつながりに気づかせてもらったり、記憶のよどみから、別の小さな気づきが生まれてくる。

かみ合わない対話というのは、必ずしも悪いものではない。当たり前のことだが、人はそれぞれ異なる存在である。村上さんと私は別の人間である。興味関心が重なる部分も多いが、まったく重ならないところもたくさんある。読んできた本も、見てきた映画も、出会ってきた人も、人生で経験してきたことも、全然違う。

だからこそ刹那におけるずれが、予感と余韻の繰り返しの中で潜在意識の深いところに鳴り響き、新たな思索をもたらしてくれる。

校正の段階ではある程度の加筆修正は加えたが、なるべく元の対談の雰囲気を残すようにこころがけた。対談にあまり加筆を加えると、後出しじゃんけんみたいになるし、それにまた相手が加筆すると、元の即興演奏から果てしなくずれていくからでもある。もちろん全体を読み通す作業から見えてきたこと、さらに思索が喚起され、話を深めたくなったことも多い。そういう意味では本書は、はじまりの対談であり、対談のはじまりでもある。何重もの余韻に浸りつつ、次への予感に開いていきたい。

最後に担当編集者の永井愛さんに感謝を伝えたい。最初の二回はブックトークでオーディエンスもいたが、三回目以降は永井さんが唯一のオーディエンスだった。永井さんは知識も広く、吸収力も早く、柔らかで、でも重心がブレなくて、良い本を作ろうという気持ちでいっぱいの素敵な人である。最高の立会人、ウィットネス、目撃者だったと思う。そして、素晴らしい編集をおこなってくれた。どうもありがとう!!!

コロナをめぐる移動制限や行動制限がなくなり、私たちはまたあっという間に喧騒の空間に放り出されようとしている。でも、だからこそ、表面的な言葉の群れにとどまらない、なにか微かだけれども、底流に流れている大切なものを拾い続けられたらと思う。

あとがき

村上靖彦

本書は偶然によって始まり、あえて偶然を積み重ねるように作られたという意味で我ながら奇妙な書物である。もともとは宮地さんの『環状島へようこそ』(日本評論社)と私の『ケアとは何か』(中公新書)の出版記念イベントで対談をする機会をいただいたことがきっかけだった。それが第一回目なのだが、思いがけない仕方で話が拡がったので二回目の対談をお願いした。どうもまだ話が続きそうなので青土社の永井愛さんにお願いして本の企画を作っていただいたのだ。

三回目からは宮地さんが共同通信で連載していたエッセイのアイディアをもとに、毎回動詞を一つ宿題にして、そのお題をめぐってお互いかなりの準備をして臨んだ。なので各回の冒頭は宿題の答え合わせのような始まり方をする。ところが話し始めて互いの言葉にツッコミを入れているうちに、当初のお題を離れて二人で自由に連想を続けることになっていく。三回目から五回目は青土社の会議室でテーブルを囲み、お菓子を持ち寄って話し合った。

と書くと丁々発止で会話が盛り上がったのかと思われそうだがそうではない。どちらかというとしばしば沈黙がはさまり、話し始めるとお互いかなり異なる方向性をもっていることが際立ち、何よりもお互いの語りのリズムがまさに交わらないままに進行した。

第5回に『ゴドーを待ちながら』が話題になったときにこんなやりとりがある。

村上 意味をなさないことでどんどんはずしていって、それがなんだかわからないんだけど、それがクリエイティブっていうことなのかなと。（中略）

宮地 うーん。でも、私は『ゴドーを待ちながら』を読んで、この二人仲良いなって思ったんですよね。（199ページ）

サミュエル・ベケットが話題になったこのやりとりが、私たちの対談全体の説明にもなっている。『ゴドーを待ちながら』のウラディミールとエストラゴンのようにちぐはぐに言葉をかわしながら、にもかかわらず仲が良い二人の対話、なのだと思う。人間の複雑さを反映する話題のとりとめのなさと言えば良いだろうか。システマティックに人間と社会を描くのではなく、さまざまな亀裂や矛盾をはらみながら断片的に人間を語りつづけることが、逆にこの世界のリアリティに触れているように感じる。

少なくとも私にとっては、一人で本を書くときには絶対経験をすることがない頭の使い方になった。つまり宮地さんという自分とは異質な思考とぶつかりながら、いつ何が飛んでくるのかわからないという緊張感を持っていた。加えて宮地さんの話し方はとてもゆっくりで、同時に思考は奥深く降りていく。せっかちな私とは異なるリズムに合わせながら自由連想をするというエクササイズだった。予想外の言葉に対してどれだけ対応できるのか試される時間だった。

二人で行う自由連想というものがあるのだ、と学んだ。私が好きなイギリスの精神分析家ウィニコットが子どものクライアントと行うスクィグルを言葉で行ったのかもしれない。スクィグルは一方のなぐり書きに他方が描き加えて絵として完成するという遊びだ。交代交代で絵を描いていくのだが段々と、子どもは自分の深層のファンタジーに触れることになる。そうするとウィニコットは「ふだんどんな夢を見るの?」とさらに深く眠るファンタジーを掘り出そうとする。私自身も宮地さんという他者を前にして思いがけない方向へと思考が導かれる珍しい経験をした。結果として自分自身の普段向き合わない部分に触れることにもなる得難い経験をすることができた。

対談相手として不甲斐ない私に忍耐強くお付き合いいただいた宮地尚子さんに心からの感謝を申し上げる。そして巧みに対話をリードしてくださり、ときどき鋭いつっこみを入れてくれた青土社の永井愛さんにもお礼を申し上げる。逐語録作成から編集まで大変な作業だったはずだ。そして公開で行われた最初の二回の対談を面白がってくださった皆さまに後押しされて本書は生まれた。

本書は以下の対談をもとに構成しています。
収録日は各回の扉に記載しています。

第1回　オンライントークイベント「ケアの世界へ」（by 代官山 蔦屋書店）
第2回　オンライントークイベント「リズムにふれる」（by 代官山 蔦屋書店）
第3回～第5回　青土社会議室にて収録
第6回　オンラインにて収録

なお、第1回は「クロストーク 前編 違う道からケアに近づく」「クロストーク 後編 ケアの焦点は時間」として『かんかん！』（看護師のための web マガジン by 医学書院）に、第2回は「リズムにふれる」として『臨床心理学』（第22号）にも掲載されました。

宮地尚子（みやじ・なおこ）
一橋大学大学院社会学研究科教授。精神科医、医学博士。専門は文化精神医学、医療人類学、トラウマとジェンダー。著書に『環状島＝トラウマの地政学』、『トラウマの医療人類学』（以上、みすず書房）、『トラウマ』（岩波新書）、『ははがうまれる』（福音館書店）、『トラウマにふれる』（金剛出版）、『傷を愛せるか』（ちくま文庫）など多数。

村上靖彦（むらかみ・やすひこ）
大阪大学大学院人間科学研究科人間科学専攻教授。専門は現象学的な質的研究。著書に『摘便とお花見』、『在宅無限大』（以上、医学書院）、『子どもたちがつくる町』（世界思想社）、『ケアとは何か』（中公新書）、『交わらないリズム』（青土社）、『「ヤングケアラー」とは誰か』（朝日選書）など多数。

とまる、はずす、きえる

——ケアとトラウマと時間について

2023年 4月30日　第1刷発行
2023年 6月30日　第2刷発行

著　者　　宮地尚子・村上靖彦
発行者　　清水一人
発行所　　青土社
101-0051　東京都千代田区神田神保町1-29　市瀬ビル
電話　03-3291-9831（編集部）　03-3294-7829（営業部）
振替　00190-7-192955

装　幀　　細野綾子
印刷・製本　シナノ印刷
組　版　　フレックスアート

ISBN978-4-7917-7549-1　Printed in Japan